W0342121

10|18
12, avenue d'Italie — Paris XIIIe

Du même auteur
dans la collection 10/18

DEMAIN EST UN AUTRE JOUR, n° 2743
COUPS DE FEU DANS LES ÉTOILES, n° 2781

JUDY ET SES NAINS

PAR

STUART KAMINSKY

Traduit de l'américain
par Simone HILLING

10|18

« Grands Détectives »
dirigé par Jean-Claude Zylberstein

Titre original :
Murder on the Yellow Brick Road

Cet ouvrage a paru dans la collection
« Série noire » aux Éditions Gallimard, en 1978,
sous le titre : *Judy et ses nabots*

© Stuart Kaminsky 1977
© Simone Hilling 1978
pour la traduction française
ISBN 2-264-02540-9

CHAPITRE PREMIER

On a assassiné un gnome. Le petit homme gît sur le dos au milieu de la route en briques jaunes, et ses yeux stupéfaits fixent les projecteurs collés au plafond d'un studio de la Metro-Goldwyn-Mayer. Il porte un uniforme militaire du genre comique, avec une vareuse jaune à manches bouffantes et un couvre-chef bleu et jaune en forme de chéchia, orné d'une plume. Ses cheveux et sa barbe sont d'un jaune paille bidon du plus pur style hollywoodien. Il serait assez mignon dans le genre clinquant, s'il n'avait pas un couteau planté dans la poitrine. Un couteau de cuisine à manche marron. On n'en voit que le manche.

En m'avançant, je constate que le sang s'est coagulé en une longue trace noire le long de son corps. Le sang a coulé dans les interstices de la route en briques jaunes. De près, je note que la peinture jaune des briques s'écaille. Je suis la route des yeux. Elle ne mène pas à Oz, mais à un mur gris sans ouverture.

Puis mes yeux vont alternativement du cadavre au mur, et je me demande ce que je fais là. On est le vendredi 1er novembre 1940. C'est facile à retenir parce que la veille au soir, juste un peu après onze heures, j'ai perçu le frémissement d'un faible tremblement de terre. Certains Californiens datent leur existence d'après les tremblements de terre et les secousses sismiques qu'ils subissent. Moi, je me contente de m'en souvenir, en me demandant jusqu'à quand ma veine va durer.

Pour le moment, je ne me sens pas veinard. Je me sens con. Il y a une heure, j'étais en conversation avec quelqu'un de la Warner Bros quand on m'a téléphoné. Une voix m'a annoncé qu'elle était Judy Garland et que je devrais venir à la Metro. J'y suis allé aussi vite que me l'a permis ma Buick 34, ce qui ne fait pas rapide.

A la grille de la M.G.M., sur Washington Avenue à Culver City, j'ai été accueilli par deux gardes en uniforme qui ne m'ont pas reconnu. Ils n'avaient d'ailleurs aucune raison de me reconnaître. Après quelques années passées dans la police de Glendale, j'avais pris un boulot de garde à la Warner Bros. Je l'ai conservé environ cinq ans, et je l'ai perdu le jour où j'ai cassé le bras à une vedette de western. Je l'avais pourtant soutenu des tas de fois, et il m'avait laissé tomber une fois de trop en me décochant un crochet mal ajusté d'ivrogne. Son abattis cassé avait amputé de deux semaines le plan de tournage de son dernier film, et le studio s'est débarrassé de ma présence.

Depuis, je gagne ma vie, enfin presque, comme détective privé. J'ai fait connaissance avec des foules de gens, je n'ai presque pas gagné de fric et, de temps en temps, je sers de garde du corps à des acteurs de cinéma dont la plupart n'ont aucun besoin qu'on les garde. J'ai un peu travaillé pour la M.G.M., mais rarement, et pas ces derniers temps.

Un garde me dit :

— Peters ?

Il est du genre cow-boy dégingandé, la cinquantaine, les cheveux gris et un visage buriné. On a l'impression que c'est plutôt son physique que ses capacités qui lui a valu son boulot. Je connais la musique. Quand on m'engage comme garde du corps, c'est en général plutôt pour mon physique que pour mes références.

Sur mon visage hâlé se détache un nez écrasé d'avoir reçu deux coups de poing de trop. A quarante-quatre ans, j'ai quelques poils gris dans mes favoris, et mon sourire a tout l'air d'un rictus cynique même quand la vie est belle, ce qui n'est pas très fréquent. J'ai l'air d'un dur, mais pas plus que ça, et dans ma partie il y a des tas de gars qui ont l'air tout aussi dur sans valoir plus cher. Mais j'ai le genre qu'il faut, et dans mon boulot je l'accentue au lieu d'essayer de l'atténuer.

A la grille, le cow-boy attend ma réponse. Sa plaque d'identité métallique annonce : « Buck McCarthy ». Je souris et décline mon nom :

— J'ai reçu un coup de fil de Judy Garland. Elle désire me voir.

— Je suis au courant, dit le cow-boy. Poussez-vous.

Je me pousse, et le cow-boy s'installe au volant après avoir fait signe à son acolyte de surveiller la grille. La Metro, c'est la classe. Deux gardes pour une seule grille. Je me demande si Jack Warner est au courant.

Le cow-boy met la Buick en première et s'engage au pas entre les immenses hangars d'avions gris-jaune qui servent de bureaux.

— Vous feriez bien de changer de tacot, dit le cow-boy en essayant de trouver la seconde.

— Je viens de la faire réviser.

Un homme normal renoncerait et me rendrait le volant, mais lui, il joue son rôle jusqu'au bout. Ce n'est pas une Buick minable qui aura raison de Buck McCarthy. Buck, pilotant ce vestige de mon passé aventureux, passe devant plusieurs bâtiments et vient s'arrêter le long d'une rangée d'arbustes, qu'arrose solennellement un petit homme en grand chapeau. Il se retourne pour nous regarder au moment où Buck cale le moteur en seconde.

Buck fusille du regard le petit homme qui est à moitié japonais, mais le jardinier lui adresse un sourire innocent et retourne à son arrosage. Il fait beau. Le soleil brille et il ne veut pas d'ennuis. Buck tourne alors son regard furibond vers moi. Je ne veux pas d'ennuis non plus, c'est pourquoi je hausse les épaules en reprenant ma clé de contact.

Buck me précède dans les frais corridors du bâtiment, mais la promenade est courte. On s'arrête devant une porte marquée : Warren Hoff, Vice-Président adjoint à la Publicité. Buck pousse le battant devant moi, et une jolie petite brune à lunettes de Monoprix lève les yeux.

— Peters, annonce Buck le Cow-boy.

La fille branche son interphone et dit : « Peters. » Elle a une pointe d'accent mexicain. Elle ne se défera jamais de cet accent, pourtant elle a l'air résolu.

— Entrez tout de suite, monsieur Peters, dit-elle.

L'accent est indubitable.

— A tout à l'heure, amigo, dit Buck.

Je lui fais au revoir du geste tandis qu'il plonge dans la porte puis dans le soleil.

Hoff s'avance vers moi dès que je passe le seuil. Il est plus grand que moi et assez bien bâti, mais la carrure est héréditaire. Il ne s'occupe pas de sa forme parce qu'il n'a pas besoin de son corps dans son boulot, comme moi dans le mien. Il a quelques années de moins que moi et pèse environ six kilos de plus, mais je me rends compte que je pourrais le battre. C'est comme ça qu'on pense dans mon boulot. Ce n'est pas très sociable comme mentalité, mais de temps en temps ça épargne quelques plaies et bosses, et c'est toujours ça. En fait de traumatismes corporels, j'ai eu plus que ma part et la vôtre réunies.

Hoff me serre la main. Elle est assez ferme et s'accorde avec son complet à fines rayures bien repassé. Il ne lâche pas ma main, mais pose son autre main sur mon bras et me fait ressortir en vitesse.

La fille lève la tête pour nous regarder passer, et je cherche une explication dans ses yeux. Hoff ne me regarde même pas. Il a l'œil fixe et décidé du livreur pressé de se débarrasser d'un colis encombrant.

— Je suis Warren Hoff, dit-il en tournant vers moi un visage inexpressif orné d'un bref sourire, tout en portant la main à ses cheveux châtains bien peignés pour s'assurer qu'ils sont toujours là.

— Je suis Toby Peters, dis-je en m'arrachant à

son étreinte, et je ne suis pas inscrit pour le marathon.

Hoff s'arrête. Le jardinier japonais nous regarde. Il a l'air à peu près sain d'esprit, alors je lui adresse un petit signe de tête pour lui faire comprendre que nous pensons la même chose des folies d'un studio de cinéma. Mais le jardinier ne veut pas se compromettre et se détourne.

— Désolé, soupire Hoff en hochant la tête d'un air contrit, mais je crois qu'il faut faire vite. Vous comprendrez tout dans quelques minutes.

Il ne ressemble pas au Lapin Blanc, et j'en sais trop sur les studios de cinéma pour penser que la Metro est le Pays des Merveilles, mais je me laisse conduire. J'ai quelques dollars à la banque, suite à un boulot que je viens de terminer pour Errol Flynn, mais ils ne dureront pas longtemps, et la M.G.M., c'est le studio qui paye. Si un Vice-Président adjoint prend la peine de m'escorter et de s'excuser, la paye doit valoir le coup.

— Andy Markopulis m'a parlé de vous, dit Hoff en pressant le pas.

Au bout de trente mètres, il sue et il souffle, hors d'haleine. Je constate que non seulement il ne tient pas la forme, mais qu'il est fumeur. Le Markopulis dont il parle est l'un des directeurs de la sécurité à la M.G.M. C'est lui qui me place comme garde du corps de temps en temps. Andy a travaillé comme garde avec moi à la Warner, il y a quelques années, et il a quitté pour obtenir un meilleur boulot au grand studio. Quand je me suis mis à mon compte, il s'est souvenu de moi. On boit une bière ensemble de loin en loin, mais c'est un père de famille qui mène une vie confortable dans une maison de Van Nuys.

Je ne réponds pas à Hoff. Je me dis qu'il ferait mieux de conserver son énergie, mais c'est le genre nerveux qui ne cesse de parler. Il arrête sa course le temps de sortir un paquet de Spud et d'en allumer une. Il inhale profondément la fumée.

C'est ça qui va te donner assez d'air pour continuer, je pense, mais je ne souffle mot. La journée est belle. Mes souliers sont raisonnablement propres, mon loyer est payé, et j'ai chez moi deux boîtes de céréales et plein de café. Le monde est à moi et j'ai tout mon temps.

— Venez, dit Hoff.

Et on repart au pas de course. Quelques minutes plus tard, après avoir croisé un groupe de filles peintes en marron avec des bananes dans leurs turbans, on franchit la porte d'un grand bâtiment qui est un studio. La partie du bâtiment dans laquelle nous sommes est plongée dans l'obscurité, mais il y a assez de lumière pour nous permettre d'éviter divers accessoires et bouts de bois sciés. On contourne une flaque de café poisseux, puis Hoff tire une dernière bouffée avant d'éteindre son mégot. Et nous plongeons dans la jungle d'une lumière crépusculaire.

L'éclat de lumière est soudain, comme le soleil qui surgit de derrière un nuage. Il nous frappe dès que nous avons contourné un décor gigantesque qui semble représenter un port. Derrière le port, nous entrons dans Gnome City, ou ce qu'il en reste; Hoff me montre du doigt la route en briques jaunes et le cadavre dessus. De la main, il me fait signe d'avancer, et j'obéis. Au plafond, seuls quelques projecteurs sont allumés, mais il fait assez clair. Je sais que sur un plateau comme ça, pendant le tournage d'un film en couleurs, il y a assez de lumière pour illuminer *a giorno* le grand stade d'Hollywood à une heure du matin.

Hoff me regarde avancer, repousser mon chapeau en arrière et me frictionner le menton. Je n'ai pas tellement besoin de me raser. Je m'agenouille près du corps du gnome, et je me demande, nom de Dieu, ce que je fais là ou ce que je suis censé y faire. J'ai envie de dire à Hoff que le petit homme est mort, mais il a l'air de le savoir. A part ça, je ne vois rien à lui apprendre. Je touche la main du cadavre ; elle est froide.

Je regarde le décor autour de moi. Il est vaste et représente les façades de tas de maisons de gnomes et une place ; la spirale de la route en briques jaunes ne mène pas à des horizons infinis, mais a un grand mur gris.

Tout en m'agenouillant près du corps, je dis à Hoff :

— J'ai comme l'impression que nous ne sommes plus au Kansas du *Magicien d'Oz*.

Et je n'arrive pas à déterminer si le bruit émis par Hoff est un rire poli ou la toux d'un grand fumeur.

— Ce film est sorti il y a plus d'un an, je dis en me relevant. Pourquoi le décor est-il toujours debout, nom de Dieu ? Et pourquoi ce mec est-il déguisé ? Vous tournez une suite ?

— Non, pas pour le moment.

La voix de Hoff résonne sur tout le plateau. Il a refusé d'approcher à moins de huit mètres.

— On se sert encore de certains décors pour la publicité. On amène ici les dignitaires et les politiciens en visite, et on les photographie avec un gnome ou Mickey Rooney, le plus grand des deux.

Cette fois, je tousse. Il doit me servir une plaisanterie de studio éculée, et je veux avoir l'air dans le coup.

— On abattra bientôt le décor, dit Hoff, à moins que nous ne tournions une suite. Nous prendrons bientôt une décision à ce sujet.

Hoff s'inclut dans le « nous » directorial, mais je sais qu'il n'est pas assez haut dans la hiérarchie pour avoir ne serait-ce qu'une petite part dans une décision de ce genre.

— Ces décors coûtent un quart de million, explique-t-il, et il a fallu les construire à partir de rien. Nous n'avions aucun décor à transformer. Quand le film a été terminé, nous ne leur avons pas trouvé d'emploi, alors nous les laissons jusqu'à ce que nous ayons besoin de place.

Ce qui explique l'autorité de Hoff sur le décor délabré, mais rien d'autre.

— Pourquoi est-il déguisé ? je dis.

— Je ne sais pas, dit Hoff, nerveux. Il n'y avait aucune visite publicitaire, ni rien.

— Parfait, mais je ne sais pas ce qui est parfait, ou ce qui se passe. Qui est-ce ? Et qui l'a tué ?

Je regarde Hoff. Ses yeux s'élargissent un tantinet tandis que ses lèvres s'entrouvrent et que ses épaules remontent : aveu manifeste d'ignorance totale. Il ne connaît aucune des deux réponses.

— Bon, je dis en jetant un dernier regard sur le corps, et en prenant bien soin de ne rien toucher. Maintenant, qu'est-ce qui se passe ici, nom de Dieu ?

Hoff pousse un énorme soupir et s'affale dans un fauteuil d'où il pourrait voir tout le décor allumé. Il y a une chaise à côté de lui. Je m'y assieds, et pendant quelques minutes nous considérons les restes de Gnome City et les restes de l'unique soldat gnome. Nous sommes comme deux vieux amis en train d'admirer le coucher du soleil. Il ne nous manque qu'une bonne bière et les résultats du football.

— Miss Garland a paniqué, dit enfin Hoff en sortant une autre Spud qu'il met une éternité à allumer.

Il ne veut pas dire de bêtises. Il agit comme si sa carrière était en jeu, et peut-être l'est-elle.

— Elle a découvert le corps et vous a appelé.

— Pourquoi moi ? je demande.

— Elle a entendu votre nom hier, dit Hoff, les yeux rivés sur le gnome pour être sûr qu'il ne va pas se lever tout à coup et nous fausser compagnie. On l'a mentionné au cours d'une réception. Il semble que quelqu'un de la Warner ait parlé de vous très élogieusement. Nous n'avons su qu'elle vous appelait que quand elle a raccroché.

— Pourquoi n'a-t-elle pas appelé les flics ? je demande, en surveillant, moi aussi, le gnome mort.

— Elle travaille très dur depuis *Oz*, explique Hoff d'une voix lente et bien articulée, comme s'il répétait une conférence de presse. Je... nous... pensons que ça commence à la marquer, qu'elle a besoin de repos. Elle n'avait pas toute sa tête à elle.

J'ai appris que c'est parfois une bonne idée de laisser un suspect ou un client parler tant qu'il veut, jusqu'à ce qu'il se coince ou qu'il s'énerve. Mais le Vice-Président Hoff abuse quand même du privilège du client ou du suspect.

— Monsieur Hoff... je commence.

— Appelez-moi Warren, sourit-il en pêchant une autre Spud dans son paquet.

— Warren, si vous voulez, je me ferai un plaisir de tourner les talons et de disparaître ; et j'oublierai même que j'ai vu notre petit copain, là-bas.

Warren fait la grimace, mais je continue.

— Quand je serai parti, vous pourrez pousser le cadavre sous la carpette, le planquer quelque part ou appeler les flics. Tout ce que je vous demanderai, c'est de me payer mes vingt-cinq dollars d'honoraires, mes frais pour la journée, et de me dire au revoir quand j'aurai vu Miss Garland. C'est elle qui m'a appelé, et j'aimerais la rencontrer avant de partir. D'accord, je n'ai pas beaucoup de principes, mais...

— Nous avons quelques renseignements sur vous, m'interrompt Hoff en sortant un petit carnet bleu de son veston bleu assorti.

Il jette un coup d'œil sur ses notes et reprend :

— Vous avez la réputation d'être discret, monsieur Peters...

— Appelez-moi Toby.

— Vous connaissez assez bien la M.G.M. et vous avez déjà travaillé pour nous, continue-t-il.

Jusque-là, tout est vrai, mais il n'en est pas encore à la chute. La voilà :

— Et vous avez un frère, un certain lieutenant Philip Pevsner, à la Brigade Criminelle de Los Angeles.

Je secoue la tête en souriant. Il le remarque.

— Est-ce que ce renseignement est faux ?

— Non, il est vrai, mais ce sont vos conclusions qui sont fausses. Vous voulez que je parle à mon frère pour que l'affaire ne fasse pas de bruit, pour qu'il fasse une enquête bien pépère et sans publicité.

— Eh bien, commence-t-il, nous...

— Qui c'est, « nous », Warren ?

Il refait la grimace, sans doute contrarié que je l'aie pris au mot pour l'appeler Warren, ou que je mette son identité directoriale en question. Nous devenons trop égaux. Le studio est sa chose, mais j'en sais beaucoup plus que lui sur la mort.

— Je n'ai aucune influence sur mon frère, et c'est encore peu dire. Vous voyez mon nez ? Il me l'a cassé deux fois parce que je lui barrais le chemin. Vous auriez vachement plus d'influence que moi sur mon frère.

J'ébauche le geste de me lever.

— J'aimerais bien me faire un peu de fric à la Metro, dis-je, mais je ne vois pas comment. Sans vouloir vous offenser, c'est un peu tard pour faire garder ce cadavre, et beaucoup trop tard pour que je demande à mon frère de me rendre service.

Il a l'air désorienté. Il devait croire qu'on pouvait m'avoir facilement et pour pas cher. En général, c'est vrai, mais cette affaire n'est pas dans mes cordes. Je vais passer un après-midi bien tranquille au gymnase du Y.M.C.A., puis écouter Al Pearce et le match Loyola-San Jose à la radio. Enfin, je vais me carrer confortablement dans un fauteuil avec un bol de céréales et une bonne bière pour rêver à mon prochain week-end, où j'ai rendez-vous avec Carmen, la serveuse veuve et potelée de chez Levy. Le projet me semble formidable, et je laisse tomber le gnome mort.

— Pas si vite, dit Hoff en me touchant le bras. Vous voulez voir Judy ? Je vais vous conduire.

Je hoche la tête. Les choses tournent assez mal pour Warren Hoff, et je le plains, mais pas trop.

— Warren, si vous voulez mon avis, appelez les flics et dites que vous venez de découvrir le corps.

Son visage se fait suppliant, mais mon expression le refroidit. Il repousse un énorme soupir, me précède à travers la flaque de café poisseux, puis à travers le port de pêche, avant de sortir au soleil. Il ne dit rien, ne s'arrête même pas pour allumer une Spud. La température tourne autour de vingt degrés, mais il a de grandes taches de sueur sous les bras. Je me demande s'il est assez haut dans la hiérarchie pour conserver un ou deux complets de rechange dans son bureau.

Je n'arrive pas à déterminer si Hoff est tellement désorienté qu'il en a perdu son chemin, ou s'il connaît un super-raccourci pour arriver au but. On esquive un camion plein de becs de gaz en bois de balsa, on traverse une rue de village que je reconnais pour la rue Carvel d'*André Hardy*, et on recule pour faire place à un groupe de bagnards et d'Indiens très pressés.

On s'arrête enfin devant une rangée de portes donnant accès à une bâtisse trapue, en bois.

— Judy commence à tourner *La Danseuse des Folies Ziegfeld* demain, m'explique Hoff, la main posée sur la poignée. Son plan de tournage est très dur, et nous ne voulons pas trop la perturber avec cette histoire.

— Je vais seulement lui baiser la main, me faire écrire son autographe sur le dos et ressortir, je le rassure.

— Vous voyez ce que je veux dire.

— Je vois ce que vous voulez dire.

J'ai envie de lui mettre la main sur l'épaule et de le prier de ne pas s'en faire. Il y a des tas de boulots à la Columbia et à la 20th Century-Fox, pour un bon recalé de la M.G.M.

— Autrefois, je jouais au football, dit-il doucement.

— C'est vrai ?

Cette déclaration me semble dépourvue de sens, mais j'ai l'impression bizarre que je comprends pourquoi il l'a faite. Je ne peux pas prétendre qu'il me plaît, mais je commence à le comprendre un peu. Il frappe à la porte et une voix féminine répond :

— Qui est là ?

Ce n'est pas la voix de Judy Garland.

— Warren, dit Warren Hoff.

Sa voix a baissé de deux octaves et a pris le registre d'un baryton plein d'assurance. La femme nous prie d'entrer, Warren subit une véritable métamorphose en poussant la porte. Il devient un autre homme, plus grand, souriant et plein d'une assurance tranquille.

Quand nous entrons dans la pièce, je découvre la raison de cette transformation. Devant nous, dans le boudoir, se dresse une brune magnifique. Elle porte un sweater, une jupe tricotée, et un léger sourire se joue sur les lèvres les plus parfaites que j'aie jamais vues. Elle a des yeux étroits, presque orientaux. Pour une raison inconnue, elle porte aussi un mètre de couturière autour du cou. Je découvre la raison quand Warren Hoff nous présente.

— Cassie James, je vous présente Toby Peters, l'homme que Miss Garland a appelé.

Je remarque que Judy est devenue Miss Garland.

— Cassie est costumière, et amie de Miss Garland.

Cassie James me tend la main et je la prends. Elle est ferme, tiède et tendre. De près, elle paraît quelques années de plus que de la porte. Je lui donne maintenant trente-cinq ans, mais les trente-cinq ans parfaits. Je lui lâche la main avant qu'elle puisse se rendre compte de l'excitation qui s'empare de moi. La même réaction hormonale se produit chez Warren Hoff; elle jaillit par tous les pores de sa peau.

— Est-ce que Miss Garland est là, Cassie? dit Hoff en découvrant une double rangée de dents presque éblouissantes.

C'est un tenant du dentifrice Kolynos, pas de doute. Quel est leur slogan, déjà? « Sourire Kolynos — Sourire romantique. »

Moi, je ne sais jamais avec quoi je me lave les dents. Je me sers d'échantillons que les représentants donnent à Sheldon Minck, le dentiste dont je partage le bureau.

— Judy a pris un... quelque chose pour se calmer les nerfs, explique Cassie d'une voix douce. Je crois qu'elle dort.

— Non, je ne dors pas.

La voix nous parvient de derrière le haut dossier d'un canapé à fleurs installé dans un coin. Judy Garland s'assied et nous regarde tous les trois d'un air endormi.

Cassie James s'approche et lui prend la main.

— Je te présente M. Peters, Judy, explique-t-elle, l'homme que tu as appelé.

Le nom lui dit quelque chose et elle se frotte les yeux pour se réveiller. Elle se lève et elle s'efforce de sourire, mais je vois que quelque chose la tracasse, sans doute le cadavre du Gnome. Plusieurs choses me surprennent chez elle. J'ai sous les yeux la fillette du *Magicien d'Oz*. C'est la même personne, mais ce n'est pas une fillette. Et elle est plus petite que je croyais, pas plus d'un mètre cinquante-sept, et sûrement pas vêtue en petite fille. Elle porte une large robe blanche vaporeuse avec une large ceinture vernie, et ses cheveux sont empilés au sommet de la tête pour la faire paraître plus grande, ou plus âgée, ou les deux.

— Monsieur Peters, dit-elle en prenant mes mains.

La voix appartient à n'importe quelle fille de son âge, mais elle est triste et suppliante. J'ai envie de la prendre dans mes bras en lui disant que tout ira bien. Si elle se mettait à pleurer ou qu'elle n'en soit pas loin, je me mettrais sans doute à courir partout comme un imbécile pour dégotter un mouchoir.

Du coin de l'œil, je vois Hoff se rapprocher discrètement de Cassie James. Il regarde Judy Garland mais son cœur s'en va vers Cassie James. Je ne plains plus du tout mon copain Warren.

— Je suis désolée de vous avoir dérangé, monsieur Peters, continue Judy Garland, le même sanglot étouffé dans la voix, mais j'ai paniqué. Vous savez ce que c'est? Je... Cassie et moi, nous l'avons vu couché sur la route, alors je me suis sauvée en courant et j'ai appelé les renseignements au premier téléphone venu. On m'a passé votre bureau, et un certain docteur Minck m'a dit que vous étiez à la Warner et je...

Elle hausse les épaules, haletante, et me conduit au canapé. On s'assied; elle tient toujours mes deux mains bien serrées et elle me regarde droit dans les yeux. Dieu du ciel, je vois une larme se former dans les siens. Dans une seconde, je vais être complètement paumé.

— Vous connaissiez le mort? je demande.

Elle secoue la tête, négation triste mais résolue.

— A dire vrai, monsieur Peters, dit-elle doucement, je... je n'aimais même pas tellement la plupart des petits hommes qui travaillaient dans le film. Ils préfèrent qu'on les appelle petits hommes, vous comprenez, plutôt que nains ou nabots.

— Je ne le savais pas, je dis.

Je remarque que Cassie James écoute notre conversation d'un air inquiet, et que Hoff est si près d'elle qu'on a l'impression qu'ils se touchent.

— Pourquoi ne les aimiez-vous pas?

— Oh, dit-elle, je ne les détestais pas tous, seulement certains. Un surtout, qui n'arrêtait pas de me tripoter, de me demander des rendez-vous et de me dire des choses... je...

— D'accord, d'accord. Vous avez vu le

gnome mort, et vous vous êtes sentie à la fois contente et coupable. J'ai déjà vu pas mal de morts dans ma vie, et ma première réaction, c'est toujours : « J'aime mieux que ce soit lui que moi. » La seconde, c'est la boule à l'estomac. Les flics, le personnel des hôpitaux et certains soldats s'y habituent, mais les autres se sentent toujours veinards, nauséeux et coupables.

— Ce devait être quelque chose dans ce genre-là, dit-elle en respirant un grand coup. Monsieur Peters... commence-t-elle.

Puis elle se tourne vers Cassie James :

— Cassie, pourrais-je parler une minute en particulier avec M. Peters ?

Cassie James montre des dents parfaites derrière un léger sourire et détourne complaisamment la tête tout en précédant un Hoff ravi et plein d'assurance avant de refermer la porte derrière elle. Hoff est un comédien sensationnel, pour un gars de la publicité. En son for intérieur, il a une trouille terrible de perdre son boulot à millions, mais à le regarder en ce moment on le prendrait pour William Powell.

Mon attention revient à Judy Garland qui me regarde.

— Elle est très belle, hein ? dit la femme-enfant.

J'ai envie de mentir, de feindre d'ignorer de quoi elle parle, puis je sens que c'est inutile.

— Très belle, je répète.

— Je voudrais bien être aussi belle qu'elle, soupire-t-elle.

— Vous êtes belle et vous le deviendrez encore plus.

— Monsieur Peters, je ne suis pas idiote.

Maintenant, sa voix est plus ferme, plus éveillée.

— Je suis une fille de dix-huit ans très ordinaire et qui sait chanter. Comme dit ma mère, j'ai le talent mais je n'ai pas le physique. Je joue le rôle d'une femme pour la première fois dans *La Danseuse des Folies Ziegfeld* et nous commençons le tournage demain. Et vous savez avec qui je joue dans ce film ? Lana Turner et Heddy Lamarr. Le peu de beauté que j'aurai me sera donné par le maquillage, les éclairages et les spécialistes.

— Vous vous sous-estimez, je dis, embarrassé par mon rôle de confident d'une adolescente.

Et puis, qui suis-je pour donner mon avis sur la beauté ?

Elle me regarde sans ciller et murmure :

— On m'a téléphoné d'aller sur ce plateau. Quelqu'un m'a appelée ici et m'a dit que M. Mayer voulait que j'y aille pour quelques photos publicitaires avec Wendell Willkie.

— Wendell Willkie ? Mais il est à...

— Camden, New Jersey, termine-t-elle. Je le sais maintenant, mais je ne le savais pas avant d'avoir lu le journal. Cassie a vérifié. Personne du bureau de M. Mayer ne m'a demandé d'aller sur ce plateau. Monsieur Peters, quelqu'un voulait que ce soit moi qui trouve le corps. Mais pourquoi ?

Ses grands yeux bruns me dévisagent pour trouver une réponse. Mais je n'ai pas de réponses, seulement des questions.

— La voix était-elle masculine ou féminine ?

— Masculine, mais un peu aiguë, je crois. Je n'ai pas fait très attention sur le moment.

— Bien. Et vous l'avez reconnue, la voix ?

— Je ne crois pas.

— Il vous a téléphoné ici ?

Elle répond oui.

En quelques minutes, je découvre que Cassie James était dans le boudoir avec elle quand on a appelé, que Cassie n'a pas parlé à celui qui appelait, qu'elle a accompagné Judy sur le plateau de Gnome City et qu'elles ont découvert le corps ensemble. D'après Judy, Cassie est une grande amie, une sorte de mère pour elle, quoiqu'elle n'éveille pas en moi des sentiments filiaux. Je déduis de quelques remarques de Judy que ce n'est pas le grand amour avec sa vraie mère. Il semble raisonnable — du moins c'est ce que je me dis et ce que je dis à Judy Garland — de parler à Cassie James avant de décider ce que je vais faire. Pendant nos quelques minutes de conversation, l'effet du médicament qu'elle a pris s'est dissipé. Elle se lève, se dirige vers la porte en disant qu'elle se sent assez bien pour retourner sur le plateau où on répète.

Elle ouvre la porte et tourne la tête vers moi.

— Je me sens bien maintenant, monsieur Peters, mais j'ai peur et j'aimerais que vous m'aidiez.

Elle s'éloigne avant que j'aie pu lui dire que je n'ai aucune aide à lui offrir. J'entends les deux femmes échanger quelques mots devant la porte, puis Cassie James rentre sans Warren Hoff.

— Warren est parti chercher de l'aide, quelqu'un qui vous rendra assez de bon sens pour accepter cette affaire, explique-t-elle avec un sourire qui m'empêche de me lever. Vous voulez boire quelque chose ?

Il est environ dix heures du matin, et je ne bois jamais, à part une bière de temps en temps. Je dis non, mais j'accepte du café.

Il est déjà fait et bien chaud dans un coin. Elle remplit deux tasses et s'assied près de moi.

Je secoue la tête.

— Vous ne me rappelez personne, je dis. Je cherchais simplement quelque chose d'astucieux à dire, pour vous faire rire.

— Je ne ris pas facilement, dit-elle en glissant sur le compliment.

Elle a une solide expérience et elle n'entend pas les compliments à double sens, pas de doute. J'abandonne et reviens aux affaires sérieuses.

En cinq minutes environ, Cassie James confirme ce que Judy Garland m'a appris, et ajoute qu'elle est l'amie de la comédienne depuis environ un an ou deux.

— J'ai joué un peu, dit-elle en se levant pour reprendre du café.

Je la regarde.

— Mais au bout de quelques années, je me suis rendu compte que je ne réussirais pas. J'ai pourtant des qualités, dit-elle en haussant les épaules, mais je ne pouvais pas supporter cette vie. Un comédien doit être lui-même et quelqu'un d'autre en même temps. Les gens critiquent votre visage, dissèquent vos émotions, se plaignent de vos attitudes, vous complimentent à propos des moments que vous aimez le moins, ignorent l'instant où vous ressentez une douleur parfaite.

— Vous êtes vraiment quelqu'un.

— Merci, dit-elle en éclatant de rire.

Mais son rire s'arrête bientôt.

— J'avais une sœur cadette qui aurait pu réussir, dit-elle avec une légère moue, mais elle est morte. C'est peut-être pour ça que je me sens plutôt maternelle avec Judy. Elle me rappelle ma sœur.

Je me torture la cervelle pour sortir quelque chose qui me permette de reprendre l'avantage, mais rien ne vient. Elle a ce que les durs dans les films de la Warner appellent « la classe », et il m'est difficile de l'inviter chez moi à manger des céréales et écouter la radio. Chez moi, c'est une seule chambre avec salle de bains, dans un quartier où l'on n'amène pas des gens comme Cassie James. Je décide de tenter le coup quand même, mais Hoff rentre sans frapper.

Il nous observe bien, Cassie et moi, pour être sûr qu'il n'y a pas anguille sous roche. Il n'est pas tout à fait satisfait, mais il garde son air d'assurance.

— M. Mayer aimerait vous voir, Peters.

Je regarde Cassie, qui lève ses sourcils d'un air faussement respectueux. Je hausse les épaules d'un air entendu en quittant le canapé pour suivre Hoff.

— A bientôt, dis-je.

— Je l'espère bien, fait-elle, rayonnante.

Et j'espère que ce n'est pas seulement par politesse.

Devant moi, Hoff boude, son assurance évanouie dès que nous avons franchi la porte. J'essaye de me faire à l'idée de voir le grand patron, le « M » final de M.G.M., l'homme le plus important du monde du cinéma. Hoff ne m'en laisse pas le temps.

— De quoi parliez-vous tous les deux, Peters ?

— N'oubliez pas que je m'appelle Toby, comme vous vous appelez Warren, je réponds en pressant le pas pour me maintenir à sa hauteur.

Il a mis un autre complet, mais s'il continue à fondre, à courir et à fumer, il lui faudra toute une garde-robe d'ici le déjeuner.

— De quoi parliez-vous ? demande-t-il.

— Occupez-vous de vos fesses, Warren.

Je viens peut-être de perdre mes vingt-cinq dollars de frais, mais un homme a sa dignité, et j'ai encore le parfum de Cassie James dans les narines.

Hoff s'arrête, le pied levé, et se retourne, se rappelant sans doute ses années de football, quand il renversait les juges de touche, draguait les majorettes, ou autres conneries. On se fusille du regard pendant quelques minutes, comme deux mômes à la récré.

— Warren, ou bien vous m'expédiez votre poing dans la gueule, ou bien vous me conduisez au bureau de Mayer. Moi, j'ai d'autres moyens de prendre de l'exercice.

Un gros bonhomme en costume de cow-boy nous croise lentement, ralentissant un peu pour voir si on va se cogner dessus. Mais Hoff se détourne soudain au nom de Mayer et repart au pas de course.

Parvenir au bureau de Mayer, c'est comme rendre visite au Magicien lui-même dans ses appartements. Hoff s'arrête à une porte et m'annonce à une magnifique blonde en robe rose. Elle a peut-être un bureau mais je ne le vois pas. La blonde m'escorte pour franchir une porte et me confie à une rousse elle aussi sans bureau, laquelle me conduit à une autre blonde magnifique qui a le privilège de jouir d'un bureau. La blonde nº 2 me précède dans un couloir recouvert de moquette et, juste au moment où je me résigne à errer éternellement dans la maison à la suite de belles nanas, on s'arrête devant une porte et elle frappe.

Dans le lointain, une voix répond :

— Entrez.

La blonde ouvre la porte et s'efface. Je pénètre dans une immense salle. Murs blancs, décorés de quelques tableaux. Le lointain bureau est blanc. Les fauteuils et le canapé sont blancs. Ça ressemble à une cellule de luxe. A l'autre bout de l'immense salle, derrière le bureau, se dresse un petit homme à lunettes, au grand nez busqué, et pratiquement pas de cou. Il porte un complet gris et arbore un air grave. En approchant, je vois qu'il a des cheveux gris bien coupés et qu'il doit avoir dans les cinquante-cinq ans.

Je suis obligé de me pencher sur le bureau pour lui serrer la main. Il me prend la main droite et la serre étroitement dans les siennes.

— Je suis Louis Mayer, dit-il, et vous, vous êtes Toby Peters.

Je le sais déjà, mais si l'homme le mieux payé du monde a envie de me le rappeler, je n'y vois pas d'inconvénient.

CHAPITRE II

— J'aime ce pays, dit Louis B. Mayer, s'attendant à une discussion.

Il a vaguement l'accent de New York et a l'air assez sincère.

— Que pensez-vous de ce pays, monsieur Peters ?

— Je l'aime.

Il me regarde d'un air soupçonneux. J'ajuste ma cravate bleue.

— Herbert Hoover dit que nous avons beaucoup plus de chances d'être entraînés dans la guerre européenne avec Roosevelt qu'avec Wilkie, et Wilkie dit que les États-Unis en ont assez d'un gouvernement qui traite notre Constitution comme un chiffon de papier, dit Mayer en prenant pour preuve de ce qu'il avance un numéro tout frais du *Los Angeles Times* posé sur son bureau. Je crois que c'est M. Hoover qui a raison. Qu'en pensez-vous, monsieur Peters ?

— Je pense que ça n'a rien à voir avec un gnome mort, je réplique en souriant.

— Si vous faites le mariole, je vous flanque à

la porte ! vocifère Mayer en lâchant son journal qui tombe par terre.

— Vous aurez bien besoin qu'on vous aide, je dis, détendu ou faisant semblant.

Le fauteuil blanc dans lequel je suis assis est couvert de fourrure et drôlement confortable.

— Je peux trouver de l'aide, dit Mayer.

— Je n'en doute pas.

On passe quelques années à se regarder dans le blanc des yeux, puis Mayer décide d'adopter une nouvelle stratégie, l'histoire de sa vie.

— Je suis arrivé dans ce pays à l'âge de quatre ans ; j'arrivais de Russie avec mes parents. Mon père était ferrailleur, on faisait sa tournée de New York au Canada et retour. Mon père, qui n'était qu'un ouvrier en Russie, a réussi dans la récupération des bateaux aux États-Unis. A l'âge de quatorze ans, je suis devenu son associé. Vous connaissez ma date de naissance ?

J'avoue que je l'ignore.

— Je l'ignore aussi, dit-il en posant ses deux mains sur son bureau. Alors j'ai choisi moi-même la date de mon anniversaire, le 4 juillet. Voilà ce que c'est pour moi, ce pays. Quand j'étais gosse, je me suis acheté un petit cinéma à Haverhill, près de Boston, pour environ mille dollars. C'était en 1907. Huit ans plus tard, j'en possédais des tas et je tournais mes propres films. J'ai une devise, monsieur Peters. J'ai toujours eu cette devise. Vous la connaissez ?

Je commence à me fatiguer de ne pas être capable de répondre aux questions que me posent les gens de la M.G.M., alors j'essaye.

— Toujours prêt ?

— Non, monsieur Peters, répond-il avec solennité. Ne tourner que des films que je n'aurais pas honte de montrer à mes propres enfants. Vous voyez où je veux en venir ?

Je commence à comprendre, mais il continue :

— *Le Magicien d'Oz* est un film familial. Judy Garland est une fille merveilleuse, comme ma propre fille... et Mickey Rooney est presque un fils pour moi.

Et ils vous gagnent des millions de dollars, je pense, mais tout en le pensant, je vois qu'à sa façon Mayer est sincère.

— Un scandale affectant ce studio, ce film, Judy, serait mauvais pour le pays, monsieur Peters. Les gens croient en ce film, ils croient en nous. Si je pensais que ça peut servir à quelque chose, je me mettrais à genoux devant vous.

Il joint les mains comme dans la prière et il scrute mon visage. Ses yeux sont embués de larmes.

— La vérité, monsieur Mayer, dis-je en me levant, c'est que je n'ai rien à vendre qui vous intéresse.

— Inexact, monsieur Peters.

Il lève la main droite et pointe le doigt sur moi. Il a retrouvé le sourire.

— Vous avez de l'influence dans la police. Et vous avez la réputation d'être discret.

Tout le monde à la M.G.M. a le même scénario sur moi, mais il est faux.

— Mon frère ne m'écoutera pas, j'explique.

— Un frère est un frère, monsieur Peters.

Impossible de discuter.

— Et de plus, continue Mayer en ramassant

son journal et en le reposant soigneusement sur son bureau, vous désirez aider Judy. C'est une brave petite. Je ferais n'importe quoi pour elle. Vous connaissez le problème d'Artie Shaw ?

Je réponds que je ne connais pas le problème d'Artie Shaw. Et comme je ne le connais pas, il n'a pas l'intention de me mettre au courant.

— Quels sont vos honoraires, monsieur Peters ?

— Trente-cinq dollars par jour plus mes frais.

Mayer sourit et secoue la tête.

— Vos honoraires sont de vingt-cinq par jour sans frais, glousse-t-il. Nous vous donnerons cinquante plus vos frais.

— Pour faire quoi ?

Il m'énumère mes devoirs en comptant sur ses doigts.

— Essayer de persuader votre frère de ne pas ébruiter l'enquête. Si des employés de la M.G.M. sont impliqués, essayer aussi que ça ne se sache pas. Vous êtes garde du corps, n'est-ce pas ? Vous servirez donc aussi de garde du corps à Judy Garland jusqu'à la fin de cette affaire.

— Et si la nouvelle de l'enquête parvient aux journaux ?

Mayer hausse les épaules.

— Vous êtes viré.

Ça me semble assez régulier, c'est pourquoi j'accepte le boulot. Mayer et moi, on ne se serre pas la main. Il retourne aux papiers posés sur son bureau.

— Je crois que je vous en ai déjà dit plus qu'il n'était nécessaire, fait-il.

Prenant cela pour un congé, je traverse l'auditorium matelassé de fourrure qui lui sert de bureau, je retrouve mon chemin à travers les corridors remplis de beautés souriantes, et je rejoins Warren Hoff qui m'attend, un gros tas de cendres dans le cendrier posé près de son siège. Il se lève vivement. Ses cheveux ne sont plus à leur place.

— Dieu dit que j'aurai cinquante dollars par jour, plus mes frais et beaucoup de coopération.

— Vous les aurez.

Nous retournons au bureau de Hoff. En chemin, on croise Walter Pidgeon qui parle à une petite boulotte en grosses lunettes. Pidgeon rit de bon cœur et s'exclame : « C'est impayable ! »

— M. Mayer est très persuasif, dit Hoff, très sérieusement.

— Il m'a convaincu que c'était mon devoir patriotique d'aider la M.G.M. Si ça ne marche pas pour la M.G.M., nous serons en guerre avec l'Allemagne d'ici un an.

Je ne suis pas sûr de ce qui m'a convaincu d'accepter ce boulot. La paye est appréciable. Je veux bien apporter ma protection paternelle à Judy Garland, et, en acceptant ce boulot, j'ai de grandes chances de revoir Cassie James. Le seul problème, c'est que je ne vois absolument pas comment je vais pouvoir mériter l'argent qu'on me paye. Je fais remarquer à Hoff qu'il me doit déjà un jour d'honoraires. Il me paye de sa poche en marchant.

La petite brune à l'accent mexicain et aux lunettes Monoprix lève la tête quand on entre dans son bureau. Hoff a une dégaine à faire peur. Son complet est de nouveau trempé de sueur, et il n'a plus de Spud. La fille prend un air inquiet, mais nous passons devant elle sans nous arrêter et nous entrons dans le bureau de Hoff.

Pendant que j'appelle la police de Los Angeles, Hoff se verse un verre d'une bouteille prise dans un bar caché dans un placard. Il ne m'en offre pas.

Je laisse la standardiste derrière moi et j'arrive enfin à toucher un certain Derry. Il se demande pourquoi j'ai envie de parler au lieutenant Pevsner. Tous les gens qui connaissent Phil Pevsner se demandent toujours pourquoi on peut bien avoir envie de rechercher sa compagnie. Je décline mon nom en entier, Tobias Leo Pevsner, pour abréger les palabres et lui faire comprendre que je suis le frère. Ce qui me vaut d'obtenir au bout du fil le sergent Seidman, le collègue de mon frère.

— Toby, dit Seidman en prenant la ligne, il n'a pas envie de vous parler, et si vous n'êtes pas fou, vous n'aurez pas envie de lui parler non plus. La semaine a été dure.

— Sergent, c'est pour signaler un meurtre. On a assassiné un gnome à la M.G.M.

Silence à l'autre bout, à part le cliquetis des machines à écrire et les conversations des flics.

— C'est ça que vous voulez dire à votre frère ?

— C'est la vérité. Pourquoi ne venez-vous pas tous les deux...

Grésillement à l'autre bout du fil, puis un déclic, et la voix grondante de mon frère :

— Toby, connard. Si c'est encore une blague débile, je t'expédie à l'hôpital.

Il parle sérieusement et je le sais, mais je ne peux pas résister. Peut-être le désir de flirter avec la mort ou quelque chose comme ça.

— Comment vont Ruth et les gosses? je demande.

Pour une raison inconnue, peut-être parce que je ne vais jamais les voir, lui et sa famille, cette question le fait toujours entrer dans une rage à grimper aux murs, et les murs du commissariat de Los Angeles ne sont pas drôles à grimper. De plus, avec le bide qu'il est en train de prendre, pas question de grimper aux murs. Il raccroche.

— Il va venir? demande Hoff en finissant son verre.

— Il va venir, je réponds en me renversant sur mon siège et en posant les pieds sur le bureau.

Je prends son journal et me mets à lire, essayant d'afficher une extrême confiance alors que je n'en ressens pas du tout.

Il faut un quart d'heure à Phil et Seidman pour arriver à la M.G.M. Pendant ce temps, ma lecture m'apprend que les Grecs ont repoussé une invasion italienne, que les Japonais accusent les Américains de monter des armes à Manille, que l'A. & P. célèbre son quatre-vingt-unième anniversaire, que je peux acheter un complet chez Brooks, sur South Broadway Avenue, pour vingt-cinq dollars et payer en trois fois, et qu'on peut acheter une bouteille de porto californien pour trente-sept cents.

L'appel arrive au bureau de Hoff par l'intermédiaire de Buck le Cow-boy, à la grille. Hoff ordonne à Buck de conduire la police sur le plateau de Gnome City, puis il sort en vitesse. Je le ralentis et je lui annonce que ce serait une bonne idée de laisser la police arriver la première sur les lieux. Je plie soigneusement le journal, je le remets sur le bureau de Hoff et je me lève. Je ne suis pas pressé de voir Phil Pevsner. La seule personne qui se soit jamais interposée avec succès entre lui et moi, c'était papa, épicier à Glendale, et il est mort depuis bien longtemps. Et même durant sa vie, Phil avait deux fois perdu tout sang-froid et manqué passer sur le corps de notre père pour m'empoigner. Il aurait aplati papa comme une boîte de bière au stade un jour de championnat si Phil n'était pas parvenu à se maîtriser. C'était à cause de quelque chose que j'avais dit, mais je ne me souviens pas quoi.

Quand Hoff et moi on arrive sur le plateau d'*Oz*, on entre nonchalamment comme une caméra qui opère un travelling dans une comédie musicale de Busby Berkeley. Debout, trois personnes contemplent le gnome mort qui n'a pas bougé et qu'on n'a pas bougé. Deux d'entre eux, Seidman et mon frère, portent des complets tout fripés. Le troisième est un grand flic chauve en uniforme, en qui je reconnais Rashkow. Rashkow n'a pas encore trente ans, mais l'hérédité et mon frère lui ont coûté la plupart de ses cheveux. Seidman se tourne vers Hoff et moi avec un air revêche que je connais bien. Seidman est mince et pâle. Il déteste la lumière du soleil. Phil se contente de considérer le cadavre avec colère, comme si le petit homme avait fait exprès de gâcher sa journée. Pour Phil, Los Angeles grouille de cadavres, dont le seul but est de lui compliquer la vie, voire de la rendre impossible. Il déteste les cadavres. Une fois, dans sa colère, il a même flanqué un coup de pied à un macchabée, d'après Seidman. La seule chose qu'il déteste encore plus que les cadavres et les assassins, c'est moi.

Phil est un peu plus grand que moi, plus large d'épaules, plus vieux, il a des cheveux gris coupés court et une bedaine de flic coriace. Son nœud de cravate est toujours desserré, son visage vire souvent au rouge de colère contenue, surtout quand je suis présent. M.G.M. a vraiment bien choisi l'homme qu'il faut pour le calmer. Le temps que Hoff et moi on arrive à quelques pas de lui, Phil avance déjà la lèvre inférieure en hochant la tête de haut en bas comme un taureau qui s'apprête à charger.

Seidman sort un carnet. Je les salue de la tête, lui et Rashkow, lequel a trop peur pour sourire.

— Toby, commence Phil en plongeant ses mains dans ses poches pour se calmer, je vais te poser des questions, et tu vas y répondre sans plaisanter. Puis tu vas tirer tes fesses d'ici. Compris ?

Je comprends et je le dis. Je suis résolu à ne pas l'irriter.

— Qui a trouvé le corps ?

— Moi.

A mes côtés, Hoff frémit.

— Qui c'est ? demande Phil en montrant Hoff de la tête. Et qu'est-ce qu'il branle ?

— Il s'appelle Hoff. Il est Vice-Président adjoint pour la Publicité. J'avais rendez-vous ici avec lui pour parler d'un boulot de garde du corps pour une première quand je suis tombé sur le corps.

— Je vois, dit Phil, en se mettant à marcher en rond sur la route en briques jaunes. Vous aviez rendez-vous sur ce plateau au lieu de son bureau parce que c'est plus pratique et confortable ici.

— Il voulait que notre rendez-vous reste secret, parce que la vedette que je devais garder n'aime pas qu'on la protège.

— C'est vrai, Hoff? dit Phil en s'approchant de Hoff à quelques centimètres.

Hoff se met à transpirer par tous les pores de sa peau.

— C'est vrai, dit Hoff doucement.

— Foutaise ! vocifère Phil dans le nez de Hoff.

Le hurlement a assez d'impact pour faire reculer Hoff de quelques pas, les tympans assourdis.

— Qu'est-ce qui se passe ici ? Qui a tué ce petit merdeux ?

— Phil, on ne sait pas, dis-je en tendant les mains, paumes ouvertes. Je suis tombé dessus par hasard.

— Qui c'est, le nain mort ?

— Ils préfèrent qu'on les appelle petits hommes.

— Il s'en tamponne de ce qu'on l'appelle ! hurle Phil. Qui c'est ?

Tout le monde regarde Hoff.

— Je ne sais pas, dit-il. Ils étaient plusieurs centaines de petits hommes dans le film. Il n'a peut-être même pas joué dedans.

— Bon, soupire Phil en posant une main sur l'épaule de Hoff, vous pensez que vous pouvez convoquer une personne capable de l'identifier ? Ensuite, pouvez-vous trouver quelqu'un qui soit entré dans ce bâtiment au cours des dernières vingt-quatre heures et qui voudra bien l'admettre ?

Hoff répond que c'est possible, et Phil dit à Rashkow d'appeler le bureau du coroner.

Je pense au coroner de Gnome City, qui constatait la mort de la première méchante sorcière. Il se tenait exactement à l'endroit où se trouve Phil.

— Qu'est-ce qu'il faisait là, le nain? demande Phil à Hoff. Et pourquoi était-il déguisé?

— Nous ne savons pas ce qu'il faisait là, ni pourquoi il portait ce costume, répond Hoff.

Phil regarde Hoff comme si c'était un véritable inutile, et Hoff cherche une Spud. Seidman prend le numéro du bureau de Hoff et l'envoie à la recherche de témoins éventuels. Seidman et Rashkow se mettent à inspecter les lieux, Phil me tourne le dos et va s'asseoir près de la fontaine sans eau de Gnome City, d'où il contemple le corps et le plateau d'un air de dyspeptique. Il prend un comprimé blanc dans sa poche et se le fourre dans la bouche. Il mastique avec fureur. Des postillons blancs fusent autour de lui quand je m'approche et m'assieds.

— Tu es un sacré menteur, dit-il sans cesser de mastiquer.

Je hausse les épaules.

— Phil, crois-tu que ça soit possible de garder l'affaire secrète pendant quelque temps?

Il s'arrête de mastiquer et me regarde, ahuri. J'attends que son ahurissement se mue en rogne et que sa grosse patte me saisisse avant que j'aie le temps de battre en retraite. Mais l'ahurissement se mue d'abord en sourire, puis en éclat de rire. Seidman et Rashkow s'arrêtent pour voir ce qui se passe. Phil manque de s'étouffer tellement il rigole. Au milieu de son hilarité, il me saisit au collet et se lève. Nos nez se touchent presque quand il parle :

— Toby, je t'ai déjà dérouillé avant, et je recommencerai. Tu caches quelque chose et tu veux te servir de moi. Tu n'avais pas besoin de m'appeler pour ça. Ne te sers pas de moi, frangin. Je n'aime pas ça, et je n'aime pas qu'on se foute de moi. Ne prends pas mon mauvais caractère pour de la bêtise. Tu t'y es frotté plusieurs fois dans le passé, et qu'est-ce que tu y as gagné ?

— Mon nez.

La réponse lui plaît et il me lâche.

— Tu couvres quelqu'un ? dit-il en se rasseyant.

— Non.

J'essaie de défroisser ma chemise.

— Mais une mauvaise publicité sur cette affaire pourrait gâter l'image du film, causer des ennuis au studio. Personne ne te demande de ne pas enquêter, de ne rien faire. Mais si la chose est connue, les journaux vont te rendre dingue, toi aussi. Tu vas tous les avoir sur le dos. C'est ça que tu veux ?

— Tu t'inquiètes pour moi. Je suis ému.

Je n'ai jamais pensé que ce raisonnement me mènerait quelque part. Ma deuxième ligne d'attaque, c'est de suggérer qu'il parle à Mayer. Peut-être que le bla-bla de Mayer, sa puissance et sa sincérité convaincront Phil, mais j'en doute.

— Je vais y réfléchir, dit-il.

De surprise, je manque tomber dans la fontaine asséchée. Il détourne les yeux.

— Tu sais que tu as deux neveux, Toby, murmure-t-il avec colère. Et l'un d'eux, Davey, l'aîné...

— Je sais que Davey est ton aîné.

Il me regarde avec mépris, et tout d'un coup, je vois Davey et Nate, ses gosses, en train de se tabasser comme on le faisait, Phil et moi.

— Davey vient de sortir de l'hôpital, continue Phil. Il l'a échappé belle.

Ça aussi, je le sais. Et il sait que je le sais, mais je ne bronche pas. Ruth, la femme de Phil, m'a dit une fois que Phil était un bon père. Je ne suis pas trop sûr de ce que ça veut dire. Ce qui est sûr, c'est qu'il n'est pas comme mon père.

— Dans leur chambre, dit Phil, les gosses ont un poster du film. Ils l'ont vu cinq fois. Je n'ai pas envie d'être celui qui leur déchirera ce poster.

— Merci, Phil. Je...

Lentement, il se met à bouillir :

— Je n'ai pas dit que je ne le ferais pas. J'ai dit que je n'en avais pas envie, et il n'y a pas de raison de me remercier. Je n'ai jamais souhaité tes remerciements et je ne les ai jamais demandés.

Ça, c'est vrai. Je la ferme. Je suis étonné de constater comme la philosophie de Phil et celle de Mayer sont proches. Phil annonce que je peux disposer après que j'aurai fait ma déposition à Seidman, et je m'exécute. Seidman me fait lui aussi une déclaration. Phil doit pas mal de fric à l'hôpital. Ruth lui reproche de ne pas être assez souvent à la maison. C'est ce que disent toutes les femmes de flics. C'est leur devoir de se plaindre. Et éventuellement, c'est leur devoir de cesser de se plaindre ou de s'en aller. Ma femme est partie. Je ne pense pas que Ruth partirait, mais on ne sait jamais.

Hoff n'est pas dans son bureau quand j'y retourne, mais je laisse un message à sa secrétaire, annonçant qu'il semble qu'on puisse étouffer l'affaire pendant quelques jours. Je lui donne le numéro de mon bureau, et, avant de m'échapper, je l'écoute quelques minutes me débiter ses inquiétudes à propos de Hoff.

Je parviens à mettre ma Buick en prise, en adressant de douces pensées à mes pistons, et je repars, je croise le jardinier japonais et contourne un éléphant conduit par une fille vêtue de quelques paillettes sans rien en dessous. A la grille, je salue Buck McCarthy, qui a mis ses pouces dans ses poches, style cow-boy. C'est à mon tour de m'éloigner dans le soleil couchant, mais on est en plein midi.

Je m'arrête dans un restaurant mexicain pour manger trois tacos arrosés d'un Pepsi, et je retourne au bureau.

CHAPITRE III

En l'espace de deux heures, j'ai rencontré un Gnome mort, consolé Judy Garland, discuté avec Louis B. Mayer et obtenu un boulot à la M.G.M. Genre de nouvelle qui fait rentrer les gens chez eux au trot, pour l'annoncer à la femme, la mère, le père ou le chien. Moi, je n'ai ni femme, ni mère, ni chien, mais j'ai Shelly Minck.

Shelly et moi, on se partage un espace dans l'immeuble Farraday, situé dans Hoover Street, près de la Neuvième Avenue. Dans le Farraday flotte une éternelle odeur d'eau de Javel qui camoufle l'impression d'abandon de l'entrée lézardée. Parfois, les clochards du voisinage viennent dormir sous l'escalier, jusqu'à ce que le propriétaire, aimable gorille du nom de Jeremy Butler, vienne les cueillir pour les déposer à l'arrière de l'immeuble. Butler est un ancien lutteur professionnel. Depuis qu'il a pris sa retraite, après avoir investi ses économies dans l'immobilier, il se consacre à la cueillette des clochards dans ses entrées et à la poésie. Certains de ses poèmes ont même été publiés dans de petites revues aux noms ronflants, comme *L'Iliade aujourd'hui* ou *La Revue de la baie*.

Quand j'arrive, Butler est en train de cueillir un clochard. Il me fait bonjour de la tête et se dirige vers le fond de l'immeuble. Ses pas résonnent dans le hall, et, attaquant l'escalier, je me sens vraiment rentré à la maison. Il y a bien un ascenseur, mais une infirme sur le retour pourrait le battre à la course sans même se donner la peine d'essayer.

Je grimpe l'escalier, dédaignant trois étages de bureaux appartenant à des avocats marrons, bookmakers, docteurs de deuxième ordre et autres photographes pour bébés. Dans le lointain, j'entends Butler le Gorille déposer son clochard et refermer la porte d'incendie.

Sur la porte en verre dépoli de mon bureau, des lettres écaillées annoncent :

SHELDON MINCK

Dentiste

TOBY PETERS

Détective privé

J'ouvre la porte, en évitant soigneusement la pile de vieux magazines périmés posés sur une table dans l'alcôve que nous avons baptisée salle d'attente. La salle d'attente est meublée de deux chaises qui se trouvaient là quand Shelly a emménagé, et dont l'une était autrefois recouverte de cuir. Quelqu'un a renversé l'unique cendrier. L'alcôve est décorée d'un vieux dessin, don d'un fournisseur de produits dentaires, et représentant avec réalisme les diverses maladies des gencives.

Je pousse la porte intérieure et j'entre dans le bureau du docteur Minck. Les clients qui viennent me voir sont obligés de traverser ce bureau, où il s'occupe le plus souvent sur un clochard du voisinage ou un bohème haillonneux. J'ai loué à Shelly une partie de son cabinet après avoir fait un petit boulot pour lui. On s'entend bien, il me demande de payer ce que je peux, autant dire rien.

Dans le fauteuil dentaire, il y a un clochard mal rasé. Il a l'air d'un vieil oiseau apeuré. Non, il a l'air de Walter Brennan imitant un oiseau apeuré.

Shelly — petit, gros, la cinquantaine et désespérément myope — fredonne tout en tirant sur son éternel cigare, en essayant de lire l'étiquette d'un petit flacon par-dessus la monture de ses grosses lunettes. Shelly se retourne et secoue son cigare en guise de bonjour. Comme d'habitude, il porte une blouse autrefois blanche, maculée de taches de sang et de confiture. Walter Brennan ouvre les yeux et fixe un point situé entre moi et son dentiste. Je n'aperçois pas une seule dent dans la mâchoire du gars.

— On a appelé pour moi ? je demande.

— Non, mais il y a du courrier, répond Shelly, satisfait d'avoir déchiffré son étiquette.

Il revient à son patient et, de la main qui tient le cigare, lui tapote la tête d'un air rassurant.

— M. Strange ici présent et moi-même participons à une mission de sauvetage, dit Shelly en plongeant une aiguille dans son petit flacon.

Un liquide rougeâtre bouillonne dans la seringue. Shelly montre la bouche du vieux du bout de l'aiguille.

— M. Strange souffre de maux de dents. Nous

savons exactement de quelle dent ça vient, parce que M. Strange n'a qu'une seule dent. Est-ce exact, monsieur Strange ?

M. Strange acquiesce d'un hochement de sa tête d'oiseau. Il est pétrifié de peur, mais Shelly ne semble pas s'en apercevoir.

— Nous allons sauver cette dent, n'est-ce pas, monsieur Strange ? Nous allons exécuter une opération appelée dévitalisation. Nous allons le faire parce qu'une dent vaut mieux que pas de dent du tout et parce que nous n'avons pas exécuté cette opération depuis un certain temps et que j'ai besoin de me faire la main. Maintenant, ouvrez la bouche, monsieur Strange.

Shelly change son cigare de côté et, de sa main vigoureuse et moite, il ouvre de force la bouche du vieux. Il enfonce l'aiguille et le vieux gargouille.

— Ça va tuer la douleur, murmure Shelly. Nous allons laisser agir un moment.

En attendant que la piqûre fasse son effet sur Walter Brennan, je raconte à Shelly ma matinée à la Metro. Il écoute tout en fourrageant partout pour trouver un instrument, qu'il déniche sous des tasses dans un coin. Puis il se remet à travailler sur le vieux. Tout en actionnant la roulette, il reprend :

— Une fois, j'ai soigné un nain. Des petites dents minuscules, mais quelles racines ! Ce petit nabot avait des racines d'acier. Deux extractions sur ce nain-là, c'était pire que toute une mâchoire à dévitaliser. Ne bougez pas, monsieur Strange. Je n'en ai que pour vingt à trente minutes.

N'étant pas arrivé à impressionner celui qui

passe pour mon unique ami, je passe dans mon bureau. Je garde le récit de mes rencontres avec les grands et les presque grands de ce monde pour mon rendez-vous de la semaine prochaine avec Carmen.

Autrefois, mon bureau était un office dentaire. Il est juste assez grand pour ma table branlante et deux chaises. Les murs sont nus, à part l'encadrement de ma licence de détective privé, et une photo de mon père avec mon frère Phil, moi et notre chien Kaiser Wilhelm. Sur la photo le gosse de dix ans ne me ressemble pas : il n'a pas le nez cassé. Il sourit et tient le chien par son collier. L'adolescent de quatorze ans ressemble bien à Phil, il a le même air menaçant, tendu. Le grand costaud pose une main sur l'épaule de chaque enfant.

Il n'y a pas beaucoup de courrier sur la table. Un quidam de Leavenworth, Kansas, désire m'envoyer un catalogue de farces et attrapes pour un dollar. Une cliente du nom de Merle Levine et qui a perdu son chat veut que je lui rembourse l'avance de dix dollars qu'elle m'a consentie. L'affaire date de deux ans. Je n'ai pas retrouvé le chat. Je n'ai pas vraiment essayé. Deux frères Santini, domiciliés à Sepulveda, veulent repeindre mon domicile ou mon bureau pour un prix ridicule.

J'écris un mot à Mme Levine et je lui renvoie trois dollars en lui disant que c'est un règlement à l'amiable. Puis je me renverse dans mon fauteuil pour écouter Shelly qui actionne la roulette en fredonnant *Ramona*. Par la fenêtre, je vois Los Angeles, blanc, plat et immense. D'ici, le paysage n'est pas terrible. Depuis 1906, une ordonnance municipale a limité la hauteur des immeubles à douze étages. Il doit y avoir quelqu'un à la mairie qui n'a jamais entendu parler de la loi, parce que la mairie a trente-deux étages, mais à part ça, la plupart des immeubles sont bas. Le paysage est composé d'une suite de longues perspectives basses, comme dans les autres villes américaines menacées de tremblements de terre, et sans sous-sol rocheux.

Le téléphone sonne. Il est près de deux heures. Shelly décroche et dit que c'est pour moi. Je prends le combiné tout en fouillant dans mes tiroirs pour trouver un timbre destiné à la lettre de Mme Levine. C'est Warren Hoff. Il a du nouveau.

La police a arrêté un suspect, un nain qui a joué dans *Le Magicien d'Oz*. Il s'appelle Gunther Wherthman. On sait qu'il s'est battu avec le gnome mort, maintenant identifié ; c'est un certain James Cash. En fait, les deux petits hommes ont été arrêtés durant le tournage en 1939 au cours d'une bagarre au couteau à l'hôtel. Wherthman a été blessé par Cash, et la police a des témoignages affirmant que Wherthman a menacé de tuer Cash. La police a trouvé aussi deux témoins qui ont vu deux nains se disputer violemment avant le meurtre, à l'extérieur du studio où on a trouvé le corps de Cash. Tous les témoins affirment que l'un d'eux portait un uniforme militaire de gnome. Quant à l'autre, on dit qu'il était costumé en enfant-sucre d'orge. D'après Hoff, Wherthman a joué le rôle d'un enfant-sucre d'orge dans le film. Le rapport de Hoff est bon.

— J'étais reporter avant de faire du cinéma, explique-t-il.

— Peut-être que vous le redeviendrez.

— C'est trop tard. Une fois qu'on s'habitue à des revenus importants et à un standing certain, on est intoxiqué.

Voilà un problème qui ne s'est jamais posé pour moi.

— Alors, c'est fini, je soupire en pensant aux cinquante tickets facilement gagnés que j'ai dans la poche, et en regrettant un peu les cinquante autres qui auraient pu venir les rejoindre.

— Pas tout à fait. Nous désirons que vous parliez à Wherthman pour tâcher de savoir s'il est coupable, et que vous continuiez à nous éviter la publicité. Si c'est bien Wherthman qui a tué Cash sur le plateau, et qu'ils étaient tous les deux déguisés, ça va être très mauvais pour nous.

— Vous croyez que c'est ça ?

— Diable non ! s'exclame Hoff. Je pense que nous devrions laisser tomber l'affaire, la laisser mourir de sa belle mort. Ce n'est pas ça qui va ruiner la M.G.M. *Oz* a déjà terminé sa carrière. On ne le joue nulle part en ce moment et je doute qu'on tourne jamais une suite. Mais M. Mayer dit qu'on peut faire des milliards avec le film, la seconde exclusivité et...

— Et quoi ?

— La télévision, dit Hoff d'un ton gêné. Il croit qu'on pourra un jour vendre le film à la télévision.

Ne sachant pas ce qu'est la télévision, je ne souffle mot, je me contente d'émettre un grognement de sympathie à l'adresse de Hoff. Je tombe d'accord avec lui. Je n'ai rien à perdre en bossant quelques jours de plus, bien payé, même si je ne m'attends à aucun résultat.

— D'accord, Warren, dis-je en sortant un crayon sans mine visible.

Je mordille un peu le bois pour la dégager.

— Je vais vous consacrer quelques jours. Je vais essayer d'arriver jusqu'à Wherthman. Qui sont les témoins, ceux qui ont vu les deux nains en train de se disputer ce matin ?

— L'un est Barney Grundy, un photographe de plateau.

Il me donne l'adresse du bureau de Grundy, dans Melrose Avenue.

— Les deux autres, ce sont Victor Fleming et Clark Gable. Ils avaient pris le petit déjeuner ensemble, et ils revenaient. Si vous voulez parler à Fleming, je peux savoir où il est. Votre frère les a déjà interrogés. Gable part pour le week-end, mais je suis sûr qu'on peut le retrouver si vous avez besoin de lui.

Je le remercie, lui dis qu'il a fait du bon boulot, ce qui est vrai. Mes louanges lui font peu d'effet. Nous raccrochons.

Je ne sais pas de quel côté me tourner pour retrouver le nain suspect, Wherthman ; j'appelle donc Steve Seidman au commissariat. Il me répond qu'ils ont convoqué Wherthman pour interrogatoire, mais qu'il y a de grandes chances qu'on l'inculpe de meurtre. Pour la police de Los Angeles, l'affaire est pratiquement dans le sac, et ils peuvent reporter leur attention sur un couple d'assassins à la hache de Griffith Park.

Shelly travaille encore sur Walter Brennan quand je mets mon chapeau et franchis la porte de mon bureau.

— Je crois que nous l'avons sauvée, fait

Shelly rayonnant, les cheveux dégoulinants de sueur.

Dans le fauteuil, le vieux semble ne plus avoir les yeux en face des trous.

— Formidable, je dis. Tu es un saint.

En descendant essayer d'interviewer Wherthman, je comprends que Mayer a de bonnes raisons de redouter la publicité. Les principaux témoins contre Wherthman semblent bien être la plus grande vedette et le plus grand réalisateur du studio. Juste après *Le Magicien d'Oz* et *Autant en emporte le vent*, Fleming a un potentiel publicitaire presque aussi grand que Gable. Un procès ferait la une des journaux pendant des semaines. Pour la M.G.M., il vaut sans doute mieux que Wherthman avoue et plaide coupable. D'autre part, Wherthman se soucie sans doute fort peu des problèmes de publicité de la Metro.

Wherthman n'est encore ni inculpé ni incarcéré quand j'arrive au commissariat. Phil n'est pas là, ce qui me convient on ne peut mieux ; Seidman est là, et il m'annonce que le petit suspect est pratiquement prêt pour la tôle.

— Deux personnes ont vu Wherthman se disputer avec Cash, le nain mort, ce matin, explique Seidman. L'un d'eux était assez près pour les entendre parler. Il a reconnu l'accent allemand. Le mort appelait l'autre Gunther. Nous avons découvert du sang sur un complet dans son appartement. On est en train de vérifier s'il correspond au sang du mort.

— Ça a l'air dans le sac, je conviens. Je peux lui parler ?

— Pourquoi ? demande Seidman, avec calme.

— Je suis engagé par son avocat.

— Il n'a pas appelé d'avocat. Qui c'est, son avocat ?

— Je ne suis pas autorisé à le révéler.

Seidman secoue la tête en souriant.

— Phil vous étranglerait de ses propres mains si vous vouliez lui faire avaler des bobards pareils.

On se regarde quelques moments. Derrière nous, les flics s'agitent dans la grande salle lambrissée et crasseuse, où il fait bien douze degrés de plus que dehors. Deux boivent du café, la tête penchée vers un jeune Noir. Ils ont l'air gentil et murmurent, mais quel que soit ce murmure, il a l'air de terrifier le môme. Deux inspecteurs sont au téléphone, et deux mecs attachés ensemble par des menottes sont assis sur un banc. L'un des deux n'a pas de chemise mais porte une cravate. Il a l'air content, sinon heureux. L'autre est affalé et essaye de faire croire qu'il n'a rien à voir avec le souriant cravaté. Il a l'œil droit au beurre noir.

— Allez le voir, dit enfin Seidman.

Il se sent d'humeur généreuse. Il a contribué à résoudre un meurtre en moins de trois heures. Ça fait bien dans le dossier de n'importe qui, y compris celui de mon frère. Il rayonne de confiance.

Il me conduit jusqu'au bureau de mon frère, et j'entre. Le bureau est une petite cellule aménagée dans un coin de la grande salle de garde. Le bruit que font les gendarmes et les voleurs est à peine étouffé par les minces cloisons de bois. A l'intérieur, il y a tout juste la place pour un bureau branlant, un fichier métallique et deux chaises.

Sur l'une d'elles est assis un petit homme dont les pieds ne touchent pas terre.

Wherthman porte un complet gris clair et une cravate sombre. Il a les cheveux noirs et légèrement ébouriffés, une petite moustache noire et une belle ecchymose rouge toute fraîche sur la joue droite. Je comprends tout de suite de qui il la tient. Il n'a pas le visage jeune, mais c'est difficile à dire. Je suppose qu'il doit avoir à peu près le même âge que moi.

— Monsieur Wherthman, je me présente : Toby Peters.

Je lui tends la main, il ne bouge pas et je ramène ma main à moi.

— J'ai dit à l'autre policier que je n'avais rien à voir dans ce meurtre, commence Wherthman.

Il a une voix aiguë et un accent incontestablement germanique. Non seulement les flics ont une tripotée de preuves contre lui, mais encore il ressemble à un Hitler en miniature. Vu la fièvre guerrière actuelle, et Roosevelt en campagne pour la présidence sur le thème de la peur pour nous tenir à l'écart de l'Europe, Wherthman pourrait être aussi populaire qu'un tremblement de terre à Los Angeles.

— Je ne suis pas un policier, je réponds en m'asseyant à côté de lui pour que la différence de taille soit moins ridicule. Je travaille avec votre avocat pour vous tirer d'affaire.

Il a l'air perplexe.

— Je n'ai pas d'avocat.

— Vous en aurez un dès que j'aurai appelé un ami à la M.G.M.

Il n'y a pas de micros dans la pièce, mais Seidman doit sans doute écouter à la porte pour savoir ce que je mijote.

— Quelle raison la M.G.M. pourrait-elle bien avoir de m'aider ? s'enquiert Wherthman d'une voix égale.

Nom de Dieu, c'est une bonne question.

— Ils n'aiment pas la publicité, j'explique.

Et avant qu'il puisse me questionner, je continue :

— Et de plus, pouvez-vous payer un avocat, et en connaissez-vous un ?

Il répond qu'il ne connaît pas d'avocat et qu'il a peu d'argent. Son cachet pour *Oz* est dépensé depuis longtemps, et il se débrouille en faisant des traductions d'allemand pour un projet de l'Université de la Californie du Sud. Il ajoute qu'il n'est pas allemand, mais suisse. Je ne crois pas que beaucoup d'Américains puissent faire la différence.

— Pourquoi avez-vous tué Cash ? je demande.

— Je ne l'ai pas tué, répond Wherthman en levant les yeux sur moi. C'est ce que j'ai dit à ce policier, mais ce gros...

Il cherche le mot adéquat pour décrire Phil, mais son anglais le trahit.

— Cochon ? je suggère.

Le mot plaît à Wherthman.

— Oui, cochon. Il m'a menacé de me marcher dessus par inadvertance. Il m'a frappé. La police a le droit de faire ça ? On peut frapper quelqu'un dans ce pays ?

— Ils n'ont pas le droit, mais ils peuvent le prendre et ils le prennent.

Wherthman rumine ça quelques secondes et

indique d'un hochement de tête qu'il comprend la nuance. Il commence à me plaire.

— Les présomptions sont assez fortes, je poursuis. On vous a vu parler à Cash ce matin. Vous vous êtes battu avec lui par le passé. Vous l'avez menacé. La police a trouvé du sang, sans doute le sien, dans votre appartement.

— Je n'ai pas d'appartement, rectifie-t-il. J'ai une chambre dans une pension de famille. Je ne suis pas allé au studio ce matin. J'ai fait une promenade de bonne heure, comme tous les matins. On pourrait peut-être trouver des témoins qui m'ont vu. Plusieurs personnes, sans aucun doute.

— Vous pourriez donner des noms? Quelqu'un que vous voyez régulièrement?

Il ne connaît aucun nom et il ne rencontre personne régulièrement. Il ne peut expliquer comment un témoin a entendu Cash prononcer son nom. Il ne peut expliquer pourquoi quelqu'un se serait servi du costume qu'il portait pendant le film. Il ne peut expliquer pourquoi il y a du sang sur un de ses complets, dans sa chambre.

— Ainsi, vous pensez que c'est un coup monté, je conclus.

Il a l'air perplexe.

— Vous pensez que quelqu'un veut donner l'impression que c'est vous qui avez commis ce meurtre, j'explique.

— Oui, évidemment.

On se tait quelques secondes; on écoute une grosse voix au-dehors, dont les vociférations couvrent le tapage général. La voix dit à quelqu'un de se tenir tranquille s'il ne veut pas perdre un bras.

— Et quelles raisons quelqu'un aurait-il de faire ça, monsieur Wherthman ? je demande.

— Je ne sais pas, mais ça se fait.

— Est-ce que vous connaissiez bien Cash ?

Wherthman se déplace légèrement et glisse un peu, de sorte que ses orteils touchent le sol. Ses chaussures sont éculées, mais bien cirées.

— Je le connaissais plus que je n'aurais voulu. Nous étions forcés de vivre à proximité l'un de l'autre pendant le tournage. Nous étions au même hôtel, dans des chambres contiguës. Il était vulgaire et mal élevé. Il m'a provoqué parce que j'avais un accent, que j'étais instruit et plus grand que lui. Même compte tenu de mon accent, mon anglais était plus précis que le sien. Précis est bien le mot propre, n'est-ce pas ?

— C'est le mot propre. S'est-il battu avec un des autres petits hommes ?

— Je comprends. Oui, peut-être que quelqu'un de ma taille essaye de rejeter la responsabilité de cette affaire sur moi.

— Je ne sais pas combien il y a de petits hommes à Los Angeles, mais ça ne doit pas faire tellement, et la liste de ceux qui connaissaient assez Cash et le studio pour se procurer un costume ce matin doit être encore plus courte. Trouver un pigeon, ce n'est pas une mauvaise idée.

— Un pigeon ? dit-il pensivement. Je croyais que c'était un nom d'oiseau.

— C'est exact, mais c'est aussi une expression argotique pour parler de quelqu'un qui se fait condamner à la place d'un autre.

Wherthman écoute ça avec un grand sérieux. Je vois qu'il met le mot en réserve en vue d'un usage ultérieur.

— Ça pourrait être le Canadien, dit Wherthman. Il est méchant et emporté. Et il ne m'aimait pas et il était le confident de Cash. Je crois que confident est le mot juste, car ils n'étaient pas amis, mais ils étaient tout le temps ensemble, et parfois ils se disputaient ou se battaient. Ils parlaient de se mettre en affaires ensemble à la fin du tournage.

— Comment s'appelait le Canadien ? je demande.

Wherthman n'arrive pas à se souvenir. Il me donne un vague signalement, mais ce n'est pas suffisant. Comme piste, ce n'est pas grand-chose, mais c'est mieux que rien. Je lui demande d'essayer de se rappeler le nom et il me répond qu'il le fera.

— Ne dites rien de plus à la police, j'ajoute en lui tendant la main.

Cette fois, il la prend. Elle est petite, mais pas molle, et sa poignée de main est ferme, bien que ses doigts arrivent à peine au milieu de ma paume.

— D'accord, dit-il en se levant.

— On va vous inculper de meurtre et vous incarcérer. Dites-leur que votre avocat prendra contact avec eux. Et si je peux vous donner un conseil, rasez votre moustache. Elle vous fait ressembler à un petit Hitler.

Il passe un doigt sur sa moustache.

— Je n'y avais pas pensé, dit-il. Je n'ai aucune envie de ressembler à Hitler. Je ferai ce que vous me conseillez. Monsieur... Peters ?

Il n'a entendu mon nom qu'une fois, et dans une situation difficile, mais il l'a retenu.

— Monsieur Peters ? Croyez-vous que je n'ai pas commis ce meurtre ?

— Je le crois, mais ça m'est arrivé de me tromper. A bientôt.

Je mets dans cet adieu plus de confiance que je n'en ressens. Non seulement il m'est arrivé de me tromper, mais je me suis trompé presque tout le temps, ou à propos de ma vie ou à propos des autres. Les seules personnes qui ont quelque confiance en moi sont un pauvre dentiste myope et un nain suisse.

Seidman fait semblant de lire un rapport devant la porte de Phil.

— Il proteste que ce n'est pas lui, je lui dis en traversant la salle.

Le couple en menottes est toujours là, et le mec sans chemise ajuste sa cravate quand nous passons.

— S'il s'obstine, on aura un procès, annonce Seidman en haussant les épaules. Vous savez qui sont nos témoins ?

Je lui dis que je sais.

— Pour le coup, c'est ça qui en ferait de la publicité. Ce serait peut-être une bonne idée que son avocat ou quelqu'un...

— Quelqu'un comme moi ?

— Ou quelqu'un d'autre, continue Seidman, lui suggère de plaider coupable. Nous avons d'autres affaires, et celle-ci peut se régler en douceur.

— C'est une idée. Merci de m'avoir laissé lui parler. Et bien des choses à Phil.

— Je lui dirai que vous avez été désolé de le manquer, lance Seidman, qui a le dernier mot.

Son visage pâle a l'air ravi, et je n'ai rien à ajouter. Comme je sors, le jeune Noir entre les deux flics buveurs de café se prend la tête dans les mains et se penche en avant. On dirait qu'il va dégueuler.

Je m'arrête au café du coin, et je prends un hamburger et un Pepsi. J'ai bien aimé la publicité qu'a sortie la compagnie avec Pepsi et Pete, les deux flics comiques. Quand Coca trouvera quelque chose de mieux, ma nature de gourmet me ramènera à eux. En attendant mon sandwich, j'appelle Warren Hoff et lui raconte ce qui s'est passé. Il répond qu'il va procurer un avocat à Wherthman. Je ne lui demande pas ce que l'avocat dira au petit homme, mais je doute qu'il le persuade de plaider coupable.

L'étape suivante, c'est de voir les témoins et d'essayer de retrouver le nain canadien violent et coléreux ; je demande à Hoff où je peux joindre Fleming et Gable. Je connais déjà l'adresse de Grundy. Hoff a les renseignements devant lui.

— Victor dîne ce soir au *Brown Derby*. Il y sera vers les six heures, et on l'a prévenu que vous passeriez peut-être lui poser quelques questions. Clark passe le week-end au ranch de M. Hearst à San Simeon. Si vous voulez l'appeler, il ne devrait pas tarder à y arriver. Il est parti en voiture.

Je remarque que Fleming et Gable sont Victor et Clark, mais que Hearst est M. Hearst. Hoff lui-même se rend compte que ça aurait l'air con de dire que Gable est chez William Randolph, ou chez Willie, ou chez Bill.

— Merci. A bientôt.

Il me donne son numéro personnel pour le cas où j'aurais besoin de le joindre plus tard dans la soirée, et je le laisse raccrocher le premier.

Je dépense un autre jeton et j'appelle la M.G.M. Cette fois, je demande Judy Garland et je décline mon nom. Je l'ai au bout du fil en environ trente secondes. Elle m'annonce qu'elle a fini sa journée.

— La personne qui vous a appelée ce matin pour vous dire de vous rendre sur le plateau d'*Oz*, vous m'avez dit que c'était une voix d'homme assez aiguë.

— C'est vrai, dit-elle.

— Pensez-vous que ce soit la voix d'un nain ?

Elle répond que c'est possible, et alors je lui pose la question capitale.

— Est-ce qu'elle avait un accent ? Vous voyez, espagnol, français, allemand ?

— Non, pas d'accent.

— Merci. Je vous rappellerai. Bonjour à Cassie.

— Je n'y manquerai pas, elle est à côté de moi, dit-elle en riant, et elle raccroche.

Elle a un rire drôlement agréable. Ou Wherthman a un complice, ou quelqu'un sans rapport avec le meurtre a appelé Judy Garland, ou bien Wherthman a raison, et c'est un coup monté. La preuve n'est pas assez concluante pour aller trouver les flics, mais elle me remonte un peu le moral.

Je mange mon hamburger et je rentre à la maison.

La maison, jusqu'à il y a un mois, c'était à deux pas du centre et de mon bureau, et à une bonne trotte du Y.M.C.A. dans Hope Street. Mais mon ancienne propriétaire s'est offusquée parce qu'une certaine nuit on a tiré dans ma porte et que le mec qui essayait de me tuer est passé par la fenêtre. Je ne peux pas trop lui en vouloir, et le déménagement n'a pas été difficile. Mes vêtements, mes livres et mes provisions tiennent à l'aise dans deux valises en carton bouilli que j'ai obtenues presque pour rien dans un mont-de-piété du Vermont. Le patron, un certain Hill, me devait une fleur pour lui avoir attrapé un voleur qui le dévalisait dans la journée. Tous les jours, à la fermeture, il manquait appareils photo, radios, jumelles et montres. Je me suis installé sous un comptoir avec quelques sandwiches, et j'ai surveillé le magasin entre deux caisses. Et j'ai découvert que le voleur, c'était une brave vieille de soixante et onze ans, qui apportait son déjeuner à Hill de la charcuterie d'en face. Hill mangeait toujours debout dans son magasin, pour ne pas perdre de clients. Elle faisait tous ses larcins en sortant, laissant tomber discrètement les objets raflés dans le sac en papier qui lui servait pour ravitailler Hill. Elle n'avait rien revendu ni utilisé. Elle s'était contentée de voler, pour le plaisir. Tout était empilé dans sa chambre, au bout de la rue. Hill m'avait payé, mais quatre heures sous le comptoir avec ma colonne vertébrale en capilotade, ça m'avait flanqué au lit pour une semaine. Il se sentait coupable, et j'avais joué sur ce sentiment pour lui tirer quelques petites choses, comme les valises et un .38 automatique dont je ne me sers jamais. C'est le deuxième .38 qu'il me donne. Le premier, les flics me l'ont pris quand un gars me l'a volé et s'en est servi pour tuer deux personnes.

Tout ça, c'est de la vieille histoire. L'histoire récente, c'est l'endroit où j'habite maintenant, dans Long Beach Boulevard près de Slauson. C'est petit et pas cher, en partie parce que l'endroit pue la décadence. Ça fait partie d'une série de bâtisses en bois, deux pièces cuisine sans étage, que l'administration de Los Angeles baptise bungalows. Pour les passants, ça a plutôt l'air d'un motel qui a perdu sa patente et son enseigne. La peinture de toutes les maisons pèle comme la peau d'une actrice sur le retour et pleine de coups de soleil. Comme ladite actrice, les bungalows sont fonctionnels mais pas particulièrement séduisants. Quand il pleut, j'ai un bourbier devant chez moi. Les meubles fournis sont passés, et la douche ne marche pas, mais ça a un grand avantage : ce n'est pas cher. Jeremy Butler, le poète-catcheur propriétaire de mon bureau, est aussi propriétaire de l'endroit, et il m'a suggéré d'y emménager et de surveiller un peu la maison. En échange, je ne paye pratiquement pas de loyer. Quelques jours plus tôt, je l'ai payé d'un ventre endolori quand j'ai surpris un môme en train d'entrer de nuit dans un bungalow. Le môme m'a flanqué un bon coup de tête dans le bide, juste à l'endroit où j'avais récemment pris une balle, et la blessure était à peine cicatrisée quand c'est arrivé.

Quand je gare ma Buick devant chez moi, il est autour de quatre heures. J'entre en jetant mes chaussures contre la porte. A travers la mince cloison, j'entends un couple à l'accent péquenaud s'engueuler, mais je ne comprends pas ce qu'ils disent.

J'ouvre à fond le robinet de la baignoire. A fond, ça veut dire que la baignoire sera aux trois quarts pleine dans une bonne demi-heure. Je la passe à boire du café et à manger un grand bol de céréales avec beaucoup de sucre. Je finis les céréales dans le bain, en lisant des bandes dessinées.

J'enfile un slip, je me jette sur mon lit et j'écoute la radio pendant une heure, les yeux fermés. Quelques minutes après six heures, j'enfile mon second complet et je suis prêt. Telle est la vie domestique de Toby Peters, qui lui convient parfaitement la plupart du temps.

Le couple de péquenauds continue à s'engueuler quand je sors, mais ils ne brisent rien, alors je n'y prends pas garde et je monte dans ma Buick. Quand j'étais môme, mon père, mon frère et moi, on baptisait toujours nos voitures. Et comme c'était toujours des tacots, il fallait les remplacer tous les ans. Je me souviens d'une, une Ford T, qu'on avait appelée Valentino. Je pense à baptiser ma Buick, mais aucun nom ne semble me convenir. Je demanderai à Butler. En tant que poète, il devrait avoir des idées. Je m'engage sur Long Beach, en direction de Washington Avenue, puis je remonte Normandie Avenue en direction de Wilshire.

C'est dans Normandie Avenue, en passant devant des usines, que la balle me rate d'un cheveu. La rue est presque déserte, mais une voiture a démarré derrière moi en klaxonnant pour que je lui laisse la voie. Je n'ai même pas regardé dans le rétroviseur. Quand elle me double, le cou commence à me chatouiller et je tourne la tête. La balle entre par la vitre du conducteur, tout près de mon nez, et ressort par la vitre d'en face. J'écrase le frein, cramponné au volant, et je m'abrite derrière la portière. Mes pneus heurtent un obstacle, la Buick fait un tête-à-queue et s'arrête. Je n'ai pas mon .38 sur moi. Je reste accroupi quelques secondes, pour être bien sûr que la voiture est partie. Quand je m'assieds, la rue est déserte et le soleil brille toujours. Dans mes deux vitres, les trous sont petits mais entourés de rayons, tel le soleil dans les dessins de mômes. J'ouvre les vitres pour qu'on ne me pose pas de questions sur les trous.

Puis je retourne chez moi prendre mon .38. Il se fait tard pour m'entretenir avec Victor Fleming, mais j'ai besoin de me rassurer. C'est peut-être simplement un dingue. Il y a plein de dingues à Los Angeles, surtout des mômes qui recherchent les sensations fortes. Il y a quelque chose dans la monotonie de Los Angeles qui, parfois, rend dingue. Peut-être que c'est d'être au bord de l'océan, avec nulle part où aller pour continuer. Il est possible, aussi, qu'un ennemi se soit planqué pour m'attendre. J'ai pas mal d'ennemis, des anciens et des nouveaux. Il est enfin possible que ça ait quelque chose à voir avec le gnome mort. Mais ça semble tout aussi dingue, vu que je ne sais rien que les flics ne sachent déjà. Mais est-ce bien exact ? Je repasse tout dans ma tête ; j'ouvre l'œil en cas d'une nouvelle attaque. Il me vient une idée. Tard ou pas, il faut vérifier. Je m'arrête dans une station-service et j'appelle mon bureau, pendant qu'un mec en vieux pull gris et casquette publicitaire des Brooklyn Dodgers me sert un demi-dollar d'essence.

Shelly est encore au bureau. Il veut me parler

de sa dévitalisation, mais je n'ai pas le temps et ça a l'air de le vexer.

— On t'a appelé, Toby, dit-il en acceptant sa défaite temporaire. Un type qui avait une voix aiguë. Il voulait t'engager et il fallait qu'il te joigne en vitesse. Je lui ai donné ton adresse. Il t'a trouvé ?

— Il m'a trouvé, Shelly, merci.

Je me fais préciser que mon correspondant n'avait pas d'accent, et je prends congé de Shelly.

Ça n'a pas de sens, du moins pour moi. Je laisse tomber après avoir décidé d'envoyer à la M.G.M. la facture de mes vitres neuves, et je mets le cap sur le *Brown Derby*. Il est près de sept heures quand j'arrive. Je me gare un peu plus loin et je reviens au petit trot. Le *Derby* est en forme de dôme grisâtre, avec un dais devant la porte et une unique rangée de fenêtres rectangulaires tout autour. Au sommet du dôme, et maintenu par un enchevêtrement de barres d'acier, un grand chapeau melon brun, autrement dit *brown derby*. L'ensemble a l'air d'un phlegmon géant coiffé d'un petit galurin.

Je dis au garçon que Fleming m'attend, et il me conduit à une table dans un coin. La salle est pleine, mais le bruit est supportable.

Fleming se lève et me serre la main tandis que je me présente. Grand, la soixantaine grisonnante. Son nez a l'air d'avoir reçu un coup de trop dans le passé. Il porte un complet de tweed, une cravate à carreaux et un sweater marron. Il fait très anglais, mais sa voix est américaine.

— Asseyez-vous, Peters, dit-il.

Il y a un autre gars à sa table, et Fleming me le présente : docteur Roloff, psychiatre.

— Le docteur Roloff a eu l'amabilité de me donner quelques idées pour mon prochain film, m'explique Fleming. Une nouvelle version de *Docteur Jekyll et Mister Hyde.*

Je dois avoir l'air étonné, car Fleming ajoute :

— Je sais que ça a déjà été fait, avec Freddie March. Bon film, mais j'ai quelques idées, et Spencer Tracy est intéressé. Mais c'est une autre histoire. Que puis-je faire pour vous, monsieur Peters ? Vous mangerez bien quelque chose ?

— Non merci. Seulement quelques renseignements, et je vous laisse. La police vous a interrogé aujourd'hui au sujet d'une dispute dont vous avez été témoin entre deux nains en costumes de gnomes.

Fleming acquiesce de la tête, et je continue :

— Qu'est-ce que vous avez vu et entendu, exactement ?

— Très peu de choses, répond Fleming en sirotant son café. Je revenais du petit déjeuner avec Clark Gable, et nous avons vu les deux nains en train de se disputer. Clark a regardé, mais je me suis tenu à l'écart. J'en ai trop supporté pendant un an à travailler avec eux. La plupart étaient bien, mais quelques-uns étaient vraiment emmerdants. Ils s'engueulaient, disparaissaient, étaient tout le temps en retard. Une fois, ils ont fait exprès de bousiller une prise en chantant : *Ding Dong la sorcière est morte.* Je ne m'en suis pas aperçu tout de suite. L'ingénieur du son ne s'en est pas aperçu non plus. Il a fallu refaire la scène.

— Ce n'est pas étonnant, intervient Roloff. Les individus de petite taille, spécialement les nains, ont parfois tendance à se montrer très agressifs à l'égard des gens normaux. Ils ont aussi tendance à se montrer plus grossiers que la moyenne pour affirmer leur état d'adulte, pour surcompenser. J'ai eu un patient nain qui savait qu'il surcompensait en fumant de gros cigares et en faisant des propositions à des femmes de taille normale. Il savait qu'il était ridicule et obscène aux yeux des autres, mais il ne pouvait s'en empêcher. C'était un genre de haine dirigée contre lui-même, d'autopunition. C'est difficile de vivre sa vie sachant que chaque fois qu'on sort tout le monde vous regarde dans la rue. Il peut en résulter de l'exhibitionnisme ou une grande timidité, conduisant à une réclusion pleine d'amertume.

— Exactement comme les vedettes de cinéma, j'ajoute.

— Exactement, dit Roloff.

— Désolé de ne pouvoir vous aider, Peters, dit Fleming. Je peux vous raconter des tas d'anecdotes sur les gnomes, mais je ne crois pas qu'elles vous serviraient à grand-chose. Elles confirmeraient simplement ce que le docteur Roloff vient de vous dire. Je vous donne un exemple. Un jour, l'un d'eux s'est saoulé et a failli se noyer dans les toilettes. Une autre fois, l'un d'eux a baissé son pantalon en plein milieu d'une scène de foule. On ne s'en est aperçus qu'en voyant les rushes. Quant à la dispute de ce matin, quand j'ai vu qu'il s'agissait de deux nains en costumes de gnomes, je n'y ai même pas fait attention. Pendant le tournage, je m'étais plusieurs fois interposé entre eux, et je n'avais pas envie de recommencer à me faire injurier. Quand je les ai vus tous les deux, ce matin, je ne savais pas pourquoi ils portaient des costumes du film, et je m'en foutais complètement.

Il s'interrompt pour regarder autour de lui et retrouver son calme. Rien que de penser aux Gnomes, ça l'a énervé.

— Je suis content de ce que nous avons fait dans ce film, continue-t-il en se lissant les cheveux. Je l'ai repris sur le tard, derrière deux autres réalisateurs, et je l'ai abandonné avant la fin pour commencer *Autant en emporte le vent*. Mais j'ai quand même passé plus d'un an sur *Oz* et je n'ai jamais rien fait de plus dur, nom de Dieu. Ces deux films ont été très bons pour ma carrière, mais je ne voudrais pas les recommencer pour tout l'or du monde, ni l'un ni l'autre. Même si tout le monde oublie *Oz*, moi je m'en souviendrai, et pas toujours en bien.

— Moi, j'aime le film, je dis.

— C'est un film étrange, fait Roloff en repoussant sa tasse et en tripotant sa pipe. Suivant la personne qui le voit et ce qui se passe dans sa tête, il peut représenter des tas de choses.

— Comme quoi ?

— C'est un rêve d'enfant qui accepte le monde des adultes. Une adolescente pubère rêve de demander l'aide d'un magicien aidée par trois personnages mâles, dont aucun n'est tout à fait un homme. Sa rivale jalouse est une vieille sorcière qui désire les pantoufles de l'adolescente. Ces pantoufles rouge vif peuvent être interprétées comme le flux menstruel. Dans le livre, elles étaient en argent. La jeune fille du film apprend à accepter le pouvoir des pantoufles rouges — sa féminité — avec l'aide de trois admirateurs pas tout à fait mâles et d'un personnage terrible et mystérieux qui personnifie le père. C'est une figure maternelle — la belle sorcière — qui lui donne les pantoufles rouges. Victor, avez-vous jamais pensé à la réveiller pour découvrir qu'elle avait ses premières règles ?

Fleming éclate de rire :

— Je n'ai jamais pensé à ça en tournant le film, ni aucun de mes collaborateurs.

Roloff allume sa pipe et en tire deux ou trois bouffées. Puis il lève la main :

— C'est exactement ce que je vous disais à propos du film sur Jekyll et Hyde. Un rêve n'a pas obligatoirement une signification consciente. Vous racontez une histoire, simplement parce que vous la trouvez intéressante, et d'autres aussi. Ma tâche à moi, c'est de découvrir pourquoi vous la trouvez intéressante, et ce qu'elle signifie.

— Vous avez dit qu'il y avait d'autres interprétations.

— Eh bien, que pensez-vous de celle-ci ? Beaucoup de gens peuvent interpréter le film comme une sorte de parallèle à la situation mondiale actuelle. Les gnomes peuvent être les Européens, étrangers, différents, et qui ont besoin d'aide, et la sorcière peut représenter Hitler, et nous avons alors une situation dans laquelle une brave petite Américaine est obligée de prendre les armes contre le mal pour aider les innocents étrangers, pour détruire la Sorcière-Hitler agressive et bien protégée, et pour être récompensée de ses efforts par l'homme-Dieu, le Magicien d'Oz.

— Mais à la fin, il se trouve que tout ça n'était

qu'un rêve, dit Fleming, secouant la tête et faisant signe au garçon de lui redonner du café.

Cette fois, j'en accepte une tasse.

— Exact, dit Roloff, ce n'est qu'un rêve, et pour une bonne part un cauchemar qui finit bien. Le film dit que si nous devons entrer en guerre, nous le ferons et que nous triompherons pour revenir chez nous comme si nous avions vécu un rêve. Peut-être serons-nous obligés d'affronter la peur de la mort en des lieux pittoresques et lointains avant de retrouver la morne sécurité du Kansas. De toute façon, le message signifie peut-être simplement que si nous sommes obligés de nous battre, nous nous battrons. Voulez-vous une troisième interprétation ?

Je souris et je réponds que deux suffisent amplement, mais Fleming déclare que si on n'y prend pas garde, les Universités pourraient bien se mettre à faire des cours sur le « message » des films. Ce que Roloff a dit est intéressant, mais je ne vois pas en quoi ça pourrait me servir. J'ai tort, mais je ne le saurai pas avant qu'il ne soit presque trop tard. Pour moi, la conversation avec Fleming n'a rien donné.

— Encore désolé de ne pas pouvoir vous aider davantage, Peters, dit Fleming. Mais Clark a bien observé l'incident, et il a une mémoire d'éléphant. Il pourra peut-être vous en dire plus.

Je prends congé de Roloff et de Fleming et je quitte le *Derby*. Il est neuf heures passées. Je m'arrête devant un kiosque pour manger deux tacos et un frappé au chocolat.

Quand j'arrive à la maison une demi-heure plus tard, je ferme ma porte à clé, tire les stores, mets une chaise sous la poignée de la porte, place mon .38 sous mon oreiller. Il n'est pas vraisemblable qu'un tueur raisonnable vienne chez moi me transformer en écumoire, mais il est possible qu'un nabot meurtrier, sachant mon adresse, soit assez dingue pour tenter le coup. Pour une raison inconnue, l'idée d'être tué par un nain m'effraye plus que de l'être par un homme normal. Et si le petit tueur se faufilait par une fente de la porte et me plantait un poignard dans le cœur ? Je revois le soldat gnome mort, et je me vois gisant à son côté sur la route en briques jaunes.

J'ai du mal à m'endormir; je laisse donc la lumière allumée dans la salle de bains. Ça marchait quand j'étais petit, et ça marche encore maintenant. On ne sait jamais. La radio scintille et chante doucement à côté de moi. Ma main touche l'acier réconfortant de mon .38 sous mon oreiller, et je m'endors en redoutant des cauchemars.

Il n'y a pas de cauchemars. Je rêve que je dors paisiblement dans un champ de pavots et que la neige me tombe sur le visage, douce et froide.

CHAPITRE IV

La radio ronronne une douce musique à mon oreille, et un rai de lumière passant par une fente du store de mon unique fenêtre danse sur mon visage. J'ai bien envie de me rendormir quelques heures, mais j'ai une dure journée devant moi, et cinquante tickets à gagner, sans doute en en bavant des rondelles.

J'arrête la radio et je vais à la salle de bains en emportant mon .38. Je pose mon arme sur le siège des toilettes pendant que je me lave les dents et que je me rase avec un Gillette dont la lame est toujours affûtée. Je me coupe deux fois. Après un bon café et un bol de céréales, je repère un numéro dans l'annuaire, je m'habille, je fourre mon .38 dans son holster sous ma veste, je repousse mon chapeau en arrière pour me donner l'air coquin et je sors dans le soleil.

Mes voisins les péquenauds ont arrêté de s'engueuler, et il fait beau. Je n'ai pas le temps de changer mes vitres, je les laisse baissées et je mets le cap sur le bureau de Barney Grundy, le photographe témoin de la dispute entre les deux nains à la Metro, la veille au matin. J'arrive au coin de Melrose et Highland sans que personne ne cherche à me tuer, et je trouve un parking à cent mètres de ma destination.

Grundy habite entre un magasin de pièces détachées pour voitures et une agence de voyages. Son appartement est au premier, derrière une porte annonçant : « *B. Nimble Grundy Photos-Cinéma.* » Les lettres se détachent en rouge sur un carré jaune. Je frappe, m'attendant pratiquement à n'importe quoi, mais je ne m'attends pas au type qui ouvre la porte. Il fait dans le mètre quatre-vingt-dix, il a des cheveux blond platine qu'on qualifierait de blancs s'il était plus vieux. Il porte un tee-shirt bleu, un pantalon noir, et il est en train de s'essuyer les mains sur une petite serviette. Il est très bronzé, magnifique. Une caricature de Tarzan. Il a des muscles énormes, sillonnés de veines saillantes. Son tee-shirt a du mal à le contenir, ce qui est probablement la raison pour laquelle il le porte. J'ai envie de demander s'il y a un homme à l'intérieur du mannequin qui se dresse devant moi, mais je ne sais pas comment il prendrait la plaisanterie, et je ne veux pas démarrer du mauvais pied.

— Barney Grundy ? je demande.

Il me tend la main et sourit. Sourire enfantin et contagieux, et sa poignée de main est ferme, mais pas à vous briser les os. J'ai l'impression qu'il modère sa force par courtoisie. En regardant mieux, je m'aperçois qu'il n'est pas si jeune qu'il en a l'air au premier abord. Au premier coup d'œil, je lui aurais donné dans les vingt-cinq ans. A la réflexion, j'en rajoute dix.

— C'est vous, Peters ? dit-il en s'effaçant pour me laisser passer. M. Hoff m'a dit que vous auriez peut-être besoin de me voir. Entrez.

J'entre. La grande pièce est bourrée de photos. Le mur en est recouvert. La plupart sont des photos de femmes, épreuves grand format, encadrées. Je reconnais quelques vedettes et plusieurs presque vedettes. Pas de tapis sur le parquet bien ciré, et l'ameublement est réduit au minimum. La pièce est propre et lumineuse. Trois marches mènent à un autre niveau qui a l'air d'une combinaison living-chambre-cuisine. Derrière, deux portes qui doivent conduire à son labo.

— Dites donc, fait Grundy d'une belle voix de ténor, je sortais déjeuner. Vous venez avec moi ?

J'accepte, il pose soigneusement sa serviette sur une chaise et nous sortons, lui devant, moi derrière.

— Vous tenez la forme, je dis en descendant.

— Je travaille une heure ou deux tous les jours dans un gymnase de Santa Monica, m'explique-t-il. On est environ une douzaine. C'est une sorte de concours à celui qui développera les plus beaux muscles.

On descend Melrose jusqu'à LaBrea, et je demande :

— Ça ne vous rend pas raide, tous ces muscles ?

— Non, sourit-il, c'est des bobards inventés par les gens qui ne savent pas de quoi ils parlent. Je cours le mile en six minutes, je touche mon nez avec mon gros orteil, et je satisfais les dames. Vous aussi, vous avez l'air de tenir la forme.

— Y.M.C.A. Je fais un peu de course et je joue à la pelote.

Je m'abstiens d'ajouter que mon total de miles par semaine est tombé à cinq, et que mon partenaire à la pelote est un vieux docteur de soixante ans qui a commencé quand j'étais encore au berceau. Mais drôlement bon joueur quand même.

Grundy entre dans un café de LaBrea, et on s'assied dans un box. La serveuse le reconnaît et il lui décoche un sourire jusqu'aux oreilles. C'est une créature surmenée et abattue aux cheveux frisottés. Le sourire de Grundy la requinque d'un seul coup.

On passe notre commande, et je demande :

— Pourquoi vous faites ça ?

— La gymnastique ? demande-t-il. Compensation, en un sens, monsieur Peters. J'ai commencé quand je me suis rendu compte que je ne réussirais pas comme cameraman ou chef opérateur dans un studio. C'est ça que je voulais faire. Je suis né à quelques kilomètres d'ici. Je suis passé devant ces studios toute ma vie. Je voulais aussi passer derrière la caméra, je me suis même préparé en devenant photographe et en prenant des cours de cinéma. Mais rien ne s'est jamais passé. Je n'ai pas eu le coup de pot. Je suppose que j'ai commencé à faire des poids et haltères quand j'ai réalisé qu'il ne se passerait jamais rien. Personne ne m'a jamais dit que je n'étais pas bon. Peut-être que je suis l'homme qu'il faut, mais pas à la bonne place.

— Alors, vous compensez en faisant des photos de plateau et de la gymnastique.

— C'est à peu près ça, acquiesce-t-il en acceptant une assiette chargée de quatre œufs sur le plat et d'une demi-livre de bacon frit des mains de la serveuse qui lui sourit.

Elle a oublié mon café, mais elle retourne le chercher tout de suite.

— La photo de bébés et la photo industrielle sont l'essentiel de mon travail, m'explique-t-il entre deux bouchées. De temps en temps, je fais un petit boulot pour les studios ou un petit film industriel. Pas grand-chose ; mais je vis de peu, et ça va.

Il m'en dit bien plus sur son compte que je n'ai besoin d'en savoir, mais je connais des tas de gens comme ça. Ils vous servent l'histoire de leur vie, et des cadeaux en plus pourvu qu'on accepte de s'asseoir et d'écouter. Moi, j'écoute bien. C'est peut-être ce que je fais le mieux.

— Et hier matin ? je demande.

— D'accord, dit-il en vidant un verre de lait d'un trait. J'étais au studio pour livrer quelques photos et je suis passé près de ces deux nabots qui s'engueulaient.

— A quelle distance vous trouviez-vous ?

Le café est amer, mais je continue à boire.

— Trois mètres, à peu près. Je suis passé tout près. Je l'ai dit aux flics. Je les ai entendus se disputer, et l'un des deux avait un accent, un accent allemand. L'autre, celui en uniforme militaire, l'a appelé Gunther. C'est tout ce que j'ai entendu.

— Pourriez-vous reconnaître l'un ou l'autre ? je suggère.

— Non, dit-il en finissant un toast et en regardant autour de lui pour trouver autre chose à manger.

Je pense qu'il va s'attaquer à son assiette, mais à la place, il fait signe à la serveuse qui sait ce qu'il veut et apporte une autre ration de lait, de toasts et de confiture.

— Les deux nains étaient maquillés et en costume, et je ne les ai pas vraiment regardés. J'ai eu envie de les séparer, mais ils ne se battaient pas et ça ne me regardait pas.

— Vous n'avez pas été étonné de les voir en costumes d'*Oz* ?

— Non, dit-il en secouant la tête. Je sais que les studios font de temps en temps des photos publicitaires avec les nains. J'en ai pris quelques-unes moi-même pour M. Hoff. Les nains touchent un jour de cachet pour poser, et moi aussi pour quelques épreuves.

— Vous avez vu quelqu'un d'autre en croisant les nains qui se disputaient ?

J'ai fini mon café et la serveuse me remplit ma tasse avant que j'aie pu l'arrêter, trop heureuse de sauter sur tous les prétextes pour s'approcher et reluquer Grundy.

— Non, personne d'autre en vue, répond-il.

Sa deuxième portion de toasts a disparu et il s'essuie la bouche sur sa serviette en papier.

— Dernière question, je poursuis en cherchant de l'argent dans ma poche. A quelle heure ça se passait ?

— Peu après huit heures, huit heures et quart tout au plus. Hé ! l'addition est pour moi.

Il tend la main pour la prendre, mais je l'attrape le premier. Le mouvement a été rapide. Il a peut-être des muscles comme des blocs de bois, mais ça n'a pas l'air de le ralentir.

— Je suis sur notes de frais, j'explique. Le déjeuner est offert par Louis B. Mayer.

Il sait accepter de bonne grâce un déjeuner à l'œil. Je paye la serveuse amourachée et je redescends Melrose avec Grundy.

— Ma voiture est par là, j'explique.

On se serre la main.

— Si je peux vous aider en quoi que ce soit, faites-le-moi savoir, propose-t-il. Et si vous avez jamais besoin de photos dans votre métier, voici ma carte. Je ne suis pas cher.

La carte dit exactement la même chose que sa porte : « *B. Nimble Grundy Photos-Cinéma.* » Elle comporte aussi son adresse. Je le remercie et je le regarde repartir vers son appartement-bureau au petit trot.

On est samedi, et Grundy a l'air de l'homme du samedi. Mais pour moi, ce n'est pas mon jour. Ou bien Grundy mentait, ce qui est peu probable, ou bien le nain qui a tué Cash a imité l'accent allemand. Auquel cas, pourquoi Cash l'a-t-il appelé Gunther? L'autre possibilité, c'est que Gunther soit coupable. Ou peut-être que Gunther s'est disputé avec Cash mais ne l'a pas tué. Auquel cas il m'a simplement menti, et je ne peux guère lui en vouloir.

J'ai épuisé presque toutes mes pistes. Tout ce qui me reste, c'est Gable, et l'espoir que Wherthman se rappelle le nom de l'autre nain, celui qui a travaillé avec Cash et s'est battu avec lui. C'est peu. Il faut bien que les choses aient un sens, et je dois être sur la bonne voie sinon je n'aurais pas ramassé deux trous dans ma Buick.

Judy Garland m'a dit que c'est aujourd'hui que commence le tournage de *La Danseuse des Folies Ziegfeld*; je mets le cap sur le studio. Ce n'est pas loin de chez Grundy.

Juste après dix heures, j'arrive au studio. Buck McCarthy est à la grille et il s'approche sans se presser, en mastiquant du chewing-gum qu'il veut faire passer pour une chique. Il met la tête à la portière.

— Miss Garland a dit qu'on vous laisse filer en vitesse si vous veniez, dit-il. Vous connaissez le chemin ?

— Oui. Vous prenez le volant ?

Cette fois, il décline, et je roule lentement jusqu'à la loge. Je ne vois aucune vedette, mais un groupe de charpentiers travaillant à une façade bidon qui a l'air de représenter le Taj Mahal. La façade bidon s'appuie sur un bâtiment en dur.

Judy Garland n'est pas dans sa loge, mais Cassie James s'y trouve, ce qui me convient parfaitement. Aujourd'hui, elle est tout en rose, avec une ceinture vernie rouge. Elle sent juillet dans la montagne. Quand j'entre, elle est en train de se verser une tasse de café de la cafetière posée dans un coin.

Elle m'adresse un petit sourire et me tend la tasse. Quelque chose ne va pas. Elle s'assied sur une chaise et croise les jambes.

— Quelqu'un a tenté de tuer Judy, dit-elle.

Pendant une seconde ou deux, je ne comprends pas. Je crois même que je me dis que j'ai mal entendu, mais il n'en est rien.

— Essayé de l'empoisonner, continue Cassie.

— Comment ? Quand ?

Avec mon café, je m'assieds sur une chaise à quelques pas de Cassie.

— Quand on est entrées ce matin, il y avait une carafe d'eau glacée sur la table. Judy était un peu nerveuse à cause du début du tournage et elle avait la gorge sèche. Je lui ai versé un verre d'eau et j'allais le lui donner, mais l'eau m'a paru un peu trouble. Je l'ai reniflée, et elle avait une drôle d'odeur. Elle n'en a pas bu.

— Alors comment savez-vous qu'elle était empoisonnée ?

— On a appelé le docteur. Il y en a toujours un pendant un tournage. Il a dit qu'elle était saturée d'arsenic. Une gorgée aurait sans doute pu tuer Judy.

Cassie est nerveuse, c'est sûr, mais pas paniquée.

— Heureusement que vous vous en êtes aperçue, fais-je d'un ton rassurant. Où est Judy en ce moment ?

— En train de tourner. Je lui ai dit de prendre sa journée et d'attendre qu'on vous ait vu, mais elle n'a pas voulu. Une fois, pendant le tournage d'*Oz*, elle est tombée malade, ce qui a arrêté le travail un certain temps. Elle ne veut pas que ça se reproduise.

Cassie me communique d'autres renseignements. La porte de la loge n'était pas fermée à clé, de sorte que n'importe qui a pu entrer avec l'eau. On a jeté l'eau après confirmation par le docteur qu'elle était empoisonnée. Qui a eu l'idée de la jeter, ce n'est pas très clair, mais personne ne s'y est opposé. La carafe était en verre, mais comme tout le monde y a touché il est probable qu'il n'y aurait pas eu d'empreintes utilisables.

— D'accord, dis-je en me levant et en posant ma tasse. Je crois qu'il faut appeler la police. Quelqu'un a essayé de me tuer aussi, hier.

Elle se lève brusquement, l'air bouleversé. Je suis ému.

— Que s'est-il passé? demande-t-elle en s'approchant.

— Quelqu'un m'a tiré dessus et m'a manqué, comme vous voyez.

Elle me prend la main. Il est temps de titiller sa sympathie.

— On recommencera peut-être, je poursuis.

— Vous avez vu qui c'était?

Elle me regarde dans les yeux, intéressée et inquiète, pas de doute.

— Non, mais j'aimerais que ça cesse. Je vais donc essayer de faire protéger Judy par la police, et me décarcasser pour découvrir qui a tué Cash et qui essaye de nous faire jouer le duo de la mort, à Judy et à moi.

J'ai entendu l'expression « duo de la mort » dans un spectacle du Capitaine Minuit, et j'ai toujours voulu la caser dans la conversation. C'est ma première occasion. Je repousse mon chapeau en arrière et prends la main de Cassie. Je suis content qu'elle ne porte pas son mètre de couturière autour du cou.

— Je vais appeler la police et leur raconter ce qui est arrivé. Peut-être que ça les fera regarder à deux fois avant de dire que Wherthman est l'assassin. Puis il faudra que je trouve Gable pour vérifier sa version des faits d'hier matin.

— Y a-t-il quelque chose que je puisse faire? demande-t-elle.

Nous sommes assez près pour pouvoir échanger des commentaires sur nos eaux dentifrices, sauf que je ne m'en sers pas. J'espère que l'effet de mon échantillon dentifrice tiendra jusqu'à midi. Le sien tient bien.

— Oui, vous pouvez, dis-je à mi-voix. Trouvez Hoff. Dites-lui que Cash était copain avec un autre nain, qu'il s'était peut-être mis en affaires avec lui. Voyez si vous pouvez savoir qui c'est. En attendant, Wherthman passe son temps à essayer de retrouver le nom. Ça ne nous mènera peut-être nulle part, mais ça vaut la peine d'essayer.

Elle accepte et propose de faire sa petite enquête de son côté. Elle a travaillé dans *Oz* pendant une courte période et elle connaît le nom de quelques nains. Je la remercie et je m'attarde. Elle m'embrasse. C'est un peu plus qu'un baiser maternel, mais pas de quoi se faire des idées.

— Soyez prudent, dit-elle.

Et je le lui promets.

Elle part à la recherche de Hoff et je décroche le téléphone. Je n'ai pas besoin de parler à Hoff tout de suite, j'ai besoin d'informations et d'action. J'appelle Andy Markopulis, le copain qui travaille à la sécurité à la M.G.M. Il est chez lui en train de construire un patio avec ses gosses. C'est tellement familial que je n'ai même pas le cœur à le mettre en boîte. Je lui explique toute l'affaire, et je lui demande de choisir deux gardes qui se remettront en civil pour garder l'œil sur Judy Garland. Il dit qu'il va envoyer les dénommés Woodman et Fearaven. Je ne les connais pas mais Andy connaît son boulot.

Puis j'appelle mon frère.

— Alors ? dit-il. Si tu me demandes comment vont Ruth et les gosses, je vais venir exprès t'arracher la tête.

— On a essayé de nous tuer, moi et Judy Garland.

— Foutaises !

— Ce n'est pas des foutaises. La balle a fait deux trous dans les vitres de ma voiture.

— Foutaises, répète-t-il.

— Pour l'amour du ciel, Phil, pourquoi voudrais-tu que je mente ?

— C'est un truc à la con pour dédouaner le petit nabot nazi pour qui tu travailles. On essaye de vous tuer, toi et Garland. Wherthman est à l'ombre, donc ça ne peut pas être lui. Voilà le topo.

— Et alors je me suis tiré une balle dans mes vitres ?

— Pourquoi pas ? Ton tas de ferraille ne vaut pas dix dollars. Il est temps que tu l'achèves pour mettre fin à ses souffrances. Ça me rappelle...

— Un des tacots de papa, je termine. Peut-être que c'est pour ça qu'elle me plaît.

Il garde le silence quelques secondes.

— Comment a-t-on essayé de tuer Judy Garland ? demande-t-il.

— Le poison. Ce matin, quelqu'un a laissé une carafe d'eau empoisonnée dans sa loge, au studio. Quelqu'un s'est aperçu que ça avait une drôle d'odeur.

— Où est le poison maintenant ? demande-t-il.

— Ils l'ont jeté.

— Tu parles d'une histoire, Tobias ! Même s'il y a eu une carafe empoisonnée, ce dont je doute, tu aurais très bien pu la placer là toi-même, en faisant en sorte qu'elle n'en boive pas, puis t'arranger tranquillement pour qu'on la jette avant l'arrivée de la police. Tu as fait pire.

Il a raison. J'ai fait pire, et j'en suis fier. Mais

pas aujourd'hui. Je décide de ne pas lui parler des deux coups de fil qu'on a reçus, Garland et moi, d'un homme à la voix aiguë et sans accent. Il ne me croirait pas.

— Tu as tort, Phil.

— J'ai une bande de tueurs à la hache qui m'attend, et je n'ai pas de temps pour toi. Raccroche et trouve-toi un boulot de veilleur de nuit.

— T'es une vraie baleine, Phil, je soupire, une sacrée baleine avec un œil de chaque côté de la tête. Tu essayes de mélanger deux images complètement séparées, et tu ne vois pas ce que tu as juste devant toi. Un de ces jours, tu vas foncer dans un iceberg.

Je raccroche. Puis j'appelle le préposé aux longues distances et je lui demande de me mettre en communication avec le ranch de William Randolph Hearst à San Simeon. Je n'ai pas le numéro. Je commence à me dire que je vais être obligé de partir à la recherche de Hoff pour lui demander ce fameux numéro quand j'obtiens quelqu'un au bout du fil. C'est un homme :

— Puis-je faire quelque chose pour vous ?

Je réponds que oui si c'est la piaule de Bill Hearst, sauf que je ne dis pas Bill et que je ne dis pas piaule. Je lui annonce que Clark Gable attend un coup de fil de moi. Il me prie d'attendre. Bourdonnements et déclics sur la ligne. Cette fois, c'est une voix de femme, et je répète mon message.

Elle répond que M. Gable et quelques autres invités sont en pique-nique et qu'ils ne reviendront pas avant trois ou quatre heures. Je demande si on peut lui porter un message, et elle répond qu'il est à une quinzaine de kilomètres. Puis elle me dit d'attendre. J'attends, réfléchissant à ce que je vais faire ensuite. Quelques minutes plus tard, elle revient :

— M. Gable a laissé un message pour vous. Si ça vous convient, vous pouvez venir lui parler ici ce soir, ou l'appeler si vous préférez.

J'ai quelques bonnes raisons de me décider pour le voyage à San Simeon. Primo, quand je travaille sur une affaire, j'aime bien voir les gens à qui je parle. Une expression ou un geste peuvent toujours vous apprendre quelque chose. De plus, le téléphone exige de l'action et déteste le silence. Il ne laisse pas le temps de réfléchir, et j'ai besoin de temps pour réfléchir. J'aurai tout le temps en allant à San Simeon, et je n'ai pas d'autre piste. Enfin, si je quitte la ville, ça mettra de la distance entre moi et le type qui m'a tiré dessus.

Je sors du studio en adressant un geste à Buck. Je consulte ma montre. Il est près de midi. J'arrive avant la foule au *Gotham Cafe* dans Hollywood Avenue et je commande une portion de crêpes de pommes de terre à la crème fraîche, afin de prendre des forces pour le voyage. Puis je me mets en route.

En malmenant mes pistons, j'arrive une demi-heure plus tard à Calabassas que je traverse en trombe pour continuer jusqu'à la route côtière, et au bout de quelques minutes, je m'engage sur El Camino Real, la Voie Royale. D'après mes souvenirs de lycée, la route côtière, et au bout de quelques minutes Francisco, a été tracée autour de 1780 par les Espagnols.

Je conduis à 90-100 à l'heure, ce qui est le bout du monde pour ma Buick.

Un long nuage noir s'étendant à perte de vue le long de la côte et jusqu'à l'horizon me tient compagnie sur plus de cent cinquante kilomètres.

La radio aussi me tient compagnie. J'entends les nouvelles deux ou trois fois. La campagne présidentielle est terminée, et tout le monde pense que Wilkie a pris la tête. Roosevelt a dit qu'il se présentait parce qu'il pense qu'il peut nous maintenir hors de la guerre. Un écrivain du nom de H.G. Wells a donné une conférence à l'*Hotel Ambassador* de Los Angeles. Il veut que les Américains soutiennent l'effort de guerre des Anglais contre les Allemands.

De une heure et demie à trois heures et demie de l'après-midi, j'écoute la grande parade radiophonique en faveur de Roosevelt. Eleanor Roosevelt, Joseph P. Kennedy, Henry Fonda, Groucho Marx, Walter Huston, Katharine Hepburn, Lucille Ball et Humphrey Bogart me disent tous pourquoi je devrais voter pour F.D.R. Comme je connais vaguement Bogart, je suis impressionné, mais je crois que je ne suis même pas inscrit sur les listes électorales. Je ne sais même pas quand j'ai voté pour la dernière fois. Pour le civisme, je me pose là.

J'apprends aussi que U.C.L.A. a été battue 20 à 14 par Stanford, et que Minnesota a battu Northwestern University 13 à 12. Je ne sais même pas où se trouve Northwestern.

Il fait nuit quand j'arrive à San Simeon. Je ne vois rien qui ressemble à un grand ranch ou à une route y conduisant. Je m'arrête à une station-service, je fais le plein et je bois un Pepsi. Le préposé m'indique le chemin pour aller chez Hearst.

Je le remercie, je me paye un gros sac de pommes chips et je grignote en repartant au pas, cherchant les points de repère.

Je tourne sur une route dont j'ai l'impression que c'est la bonne, mais je ne vois rien qui ressemble à un ranch, seulement une petite maison blanche, quelques centaines de mètres plus loin. Un homme en sort et me fait signe de m'arrêter. Il a l'air grave, mais pas hostile. J'en vois un autre dans la maison, qui me regarde par la fenêtre. Tous les deux sont en complet et cravate noirs.

L'homme de la route vient jusqu'à ma portière. Je n'ai pas besoin de l'ouvrir pour lui parler parce qu'elle est déjà ouverte. J'ai conduit en plein dans les courants d'air pour cacher les trous de la balle. Je comprends que le type n'a pas haute idée de mon carrosse. Je lui souris et je lui offre des chips. Quand il se penche vers moi, je vois qu'il est armé.

— Votre nom, monsieur? dit-il, très poli.

— Toby Peters, je réponds.

Il n'a pas pris de chips et je les remets sur le siège à côté de moi.

Il crie mon nom au gars dans la maison, qui lui braille aussitôt qu'on m'attend.

Je vois que le gars qui est à côté de moi ne comprend pas qu'on ait pu m'inviter, mais il dissimule de son mieux.

— Parfait, monsieur. Suivez cette route lentement jusqu'à ce que vous arriviez à un endroit réservé au parking près de la grande maison, dit-il en me montrant la route.

— Je ne vois pas de maison.

— Elle est à environ huit kilomètres, explique-t-il.

— Vous voulez dire que Hearst possède tout ça ?

— A peu près aussi loin qu'on puisse voir, quand on est dans la maison par temps clair. Et la maison est à plusieurs centaines de pieds d'altitude.

Je suis impressionné.

— Et maintenant, monsieur, continue-t-il, répétant une leçon qu'il débite à chaque fois, conduisez lentement, les phares allumés, et laissez la priorité à tous les animaux que vous rencontrerez.

— Les animaux ?

— M. Hearst a beaucoup d'animaux sauvages, y compris des bisons et des zèbres. Les zèbres sont particulièrement curieux.

— Je ferai attention.

J'ajuste ma cravate et brosse les miettes de chips tombées sur mes genoux.

— Encore une chose, ajoute-t-il. Ne cueillez pas de fruits, s'il vous plaît. Vous verrez des orangers et des pommiers près de la maison. On ne les mange jamais.

Je promets de ne pas manger les arbres et de ne pas occire les gorilles, et il me tend la main. Ça ferait idiot de lui donner un pourboire ou une poignée de main, alors j'attends une explication.

— La quincaillerie, dit-il.

Je lui tends mon .38.

— Nous vous le rendrons quand vous partirez. Soyez prudent sur la route. Elle monte en lacet. Nous vous donnons vingt minutes pour arriver en haut. On nous préviendra quand vous arriverez. Ne vous arrêtez pas et ne descendez pas de voiture.

Je dépasse la maison blanche, d'où l'autre me surveille, et j'attaque la montée. Celui qui m'a parlé reste au milieu de la chaussée et suit ma progression jusqu'à ce que je disparaisse dans un tournant à plus de cent mètres.

Une petite lumière scintille en haut, sur ma droite. Elle a l'air très lointaine. C'est peut-être le ranch de Hearst.

Au bout de trois kilomètres, je distingue vaguement une bête, mais je ne vois pas ce que c'est. C'est grand et pas loin de la route. Trous dans mes vitres ou pas, je les remonte. Mes craintes d'une mort loufedingue augmentent. Je pourrais très bien être dévoré par un singe en pleine Californie.

Quand j'arrive à la maison, quelqu'un m'accueille. Gabarit et complet comme ceux de l'entrée. On dirait une association d'anciens champions poids lourds. Il me fait signe de me garer et, m'éclairant d'une torche électrique, me fait monter un escalier en pierre bordé de statues nues. En haut des marches, on tourne à droite et on s'arrête devant une immense maison.

— C'est grand, je dis.

— C'est l'une des maisons d'amis, m'instruit mon guide.

Il frappe et entre. Un groupe est assis autour d'un grand feu dans l'immense pièce centrale. Une belle blonde, que je devrais reconnaître pour l'avoir vue sur des photos, dit que M. Gable est soit dans la grande maison soit à la piscine.

On ressort. On entre dans une cour et on se retrouve devant un bâtiment qui ressemble à mes rêves de château gothique.

Nous entrons dans une salle grande comme une cathédrale à sol de mosaïque. Il n'y a personne dans la salle, dont les murs sont couverts de tapisseries. Ces tapisseries, six en tout, ont plus de six mètres de haut et presque sept de large. Il y a des sofas tout autour et des tas de fauteuils, mais pas âme qui vive.

Une femme en uniforme noir sort de nulle part, mon guide lui murmure quelques mots et disparaît comme il est venu. La femme me fait signe, je la suis jusqu'à un mur lambrissé de bois noir qui dissimule une porte dérobée.

— M. le baron Frankenstein est-il chez lui ? je demande.

Elle n'a même pas l'air d'avoir entendu. On entre dans une salle très haute, à fenêtres de cathédrale, avec des stalles d'église le long des murs. Un bouquet de drapeaux pend du plafond. Une longue table s'étire au milieu de la salle, entourée d'une trentaine de grandes chaises anciennes. Nous sortons du château de Frankenstein pour tomber dans une salle de banquet des Croisades. Un seul détail gâche l'impression générale.

Un vieillard en complet noir est assis au centre de la table. Il a un hamburger devant lui, et il verse dessus du ketchup Heinz. Il ne nous regarde pas quand nous passons.

— Les domestiques ont le droit de se servir de la salle à manger avant le dîner ? je murmure à ma guide qui presse le pas.

— C'était M. Hearst, dit-elle. Il prend une petite collation avant le dîner.

J'essaye de me retourner pour regarder le vieux,

mais elle continue à toute vitesse. Je la quitterai sans avoir vu son visage. On ressort, on descend un sentier, et on entre dans un autre bâtiment.

C'est bien la piscine la plus dingue que j'aie vue de ma vie. Elle doit avoir quarante mètres de long, et elle est carrelée du sol au plafond. Elle irradie de bleu et il y règne une douce chaleur. Quelques personnes sont dans la piscine. L'une d'elles nage dans ma direction et sort de l'eau.

C'est Clark Gable. Il prend une serviette et s'essuie les mains en s'avançant, souriant. On se dit bonjour.

— Toby Peters, n'est-ce pas ? Enchanté.

— Enchanté aussi.

Il se dirige vers un banc installé le long du mur et je le suis tandis qu'il continue à se sécher.

— Vous voulez nager un peu avant notre conversation ? demande-t-il.

Je réponds que je ne nage pas.

— Moi non plus, dit-il en se frictionnant les cheveux. Quelques brasses. Et cette sacrée piscine, elle est trop forte pour moi. Il n'y a pas de petit bain. Il y a bien une piscine en plein air avec un petit bain de l'autre côté de la maison, mais il fait trop froid ce soir.

J'essaye de prendre l'air de celui qui compatit, et il me décoche un sourire ironique que je reconnais. C'est son sourire pour soirée de remise des Oscars.

— Tout ça ne vous impressionne pas, Peters ? dit-il en montrant de la main la mise en scène Hearst.

— C'est grave ?

— Bien sûr, dit-il en se séchant les pieds.

— Je suis impressionné. Je suis un privé à deux dollars, avec deux complets et un studio à Los Angeles. Cet homme pourrait acheter toute une ville.

— Peut-être plus, renchérit Gable. C'est sans doute le jouet le plus cher qu'on ait jamais bâti. Il y a assez de trucs dedans pour remplir dix musées. Hearst est un collectionneur, d'objets et de gens.

— Vous faites partie de sa collection ?

— Non, répond-il en riant. En fait, je suis un ami d'une amie de M. Hearst. J'ai un peu travaillé avec Marion Davies. Elle m'a invité pour le week-end. M. Hearst a beau être riche, je ne crois pas qu'il aurait de quoi m'acheter. Mais il aurait pu il y a quelques années. Vous voulez prendre un verre ou vous préférez que nous parlions ici ? Je n'ai plus rien à faire ici et il faudra que j'aille bientôt m'habiller pour le dîner.

Je dis que je préfère parler ici, et j'essaye de ne pas regarder les gens qui plongent dans la piscine depuis une sorte de balcon en marbre.

— Allez-y, dit Gable avec un signe de la main.

— Vous avez vu deux nains en train de se disputer au studio ?

— Exact, dit-il en me regardant comme il regardait Thomas Mitchell dans *Autant en emporte le vent*. L'un d'eux est mort, assassiné paraît-il.

— Oui. La police vous a interrogé à ce sujet ?

— Quelques minutes au téléphone. J'étais sur le point de partir pour venir ici. Ils m'ont dit qu'ils pourraient obtenir les détails par Fleming et un autre témoin.

— Vous avez vu cet autre témoin ? Un grand type musclé ?

— Non, répond Gable. Seulement les deux petits bonshommes. Vic ne voulait pas s'arrêter, et nous n'avons pas vu grand-chose.

— Racontez-moi ce que vous avez vu.

Il décrit les costumes des deux nains et ajoute que lui et Fleming étaient trop loin pour entendre ce qu'ils disaient ou pour préciser si l'un d'eux avait un accent.

— Mais je me souviens que le plus petit semblait malmené par le militaire, ajoute Gable.

Gunther Wherthman m'a déclaré qu'une des raisons pour lesquelles Cash le haïssait était qu'il était plus grand que Cash. Maintenant Gable me dit que Cash était plus grand que l'homme avec qui il se disputait.

— Attendez, êtes-vous sûr que le gnome en uniforme — le gars avec la barbe jaune et la plume au chapeau — était plus grand que l'autre ? je demande en détachant bien mes mots. Vous avez dit que vous n'étiez pas très près.

— Il était plus grand, dit Gable avec assurance. Je ne suis peut-être pas grand juge en matière de caractères, mais je m'y connais en perspective.

— Vous accepteriez d'en témoigner ?

— S'il le faut. C'est important ?

— Vous venez peut-être de sauver la vie d'un petit traducteur suisse.

— Vous m'en voyez ravi, dit-il avec un sourire radieux. Dites donc, et si vous restiez pour le dîner et le film ? Ici, on projette un film tous les soirs dans le cinéma.

— Il y a un cinéma aussi ?

Je regarde encore la piscine et les belles nageuses. Ce n'est vraiment pas dans mes moyens.

— Il faut que je rentre à Los Angeles, dis-je en me levant. Merci quand même.

Il se lève en même temps que moi, me serre la main et me flanque une petite tape dans le dos :

— Content d'avoir pu vous aider, Peters.

Il a sa serviette autour du cou et il la tient à deux mains. Ses cheveux noirs lui retombent sur le front. Tout ce qui manque, c'est Victor Fleming et une caméra.

La femme en noir sans visage me fait contourner la maison au lieu de la traverser et me remet aux mains du gars qui m'a pris en charge à ma descente de voiture. Puis elle tourne les talons et s'en va.

— Enchanté d'avoir fait votre connaissance, je lui crie.

Le gorille en noir me mène aussitôt à ma voiture et m'y case d'une main paternelle. Il ne fait pas de commentaires en voyant les trous dans mes vitres. Je prends congé et je descends la route. Il fait noir et le ciel est plein d'étoiles quand j'arrive à la grille et aux deux gardes. L'un sort et me tend mon .38. Je le remercie et il répond :

— Il n'y a pas de quoi, monsieur.

Je roule en direction du sud pendant environ une heure, puis je décide de m'arrêter pour casser la croûte. Après avoir mangé les spaghetti du jour et une tarte arrosée d'un café, je m'arrête au prochain motel. Il me fait penser à chez moi, en plus propre. Ça s'appelle le motel de l'*Heureux Voya-*

geur, et Mme Heureux Voyageur prend mes deux tickets et me tend la clé du bungalow 6 récemment repeint en blanc. Elle est trop grosse pour bouger, et elle est recouverte de quelque chose qui ressemble à une couverture. Je la remercie et je vais au 6 après lui avoir acheté le *Los Angeles Times* du dimanche.

Dans la chambre, la radio ne marche pas ; je lis le journal. Je n'ai ni rasoir ni dentifrice, et je me contente de me doucher ; je me mets au lit. L'*Heureux Voyageur* n'a pas l'air d'un coupe-gorge, mais je fourre mon pistolet sous mon oreiller, juste au cas, et je place une chaise devant la porte. Je me sens assez d'assurance pour éteindre la lumière de la salle de bains. Je crois que cette assurance m'a sauvé la vie.

Avant de m'endormir, je me tâte le ventre pour voir si mes muscles ne perdent pas leur tonus. Il y a une paye que je ne suis pas allé au Y.M.C.A. Mon ventre a l'air en forme, je ferme les yeux et je m'endors.

Je rêve de nains qui entrent par les fentes et les tuyaux. Ils suintent par la cheminée et se ruent sur moi avec de longs couteaux. Je lutte pour me réveiller, et j'entends un bruit au-dehors, mais je suis trop endormi pour réagir. La chaise devant la porte ralentit un peu mon visiteur, mais pas tellement. Le battant cède, la chaise valse et il s'encadre dans la porte, silhouetté par la lumière. Ce n'est pas un nain. Le lit n'est pas dans l'axe de la porte, de sorte que je reste dans le noir. Comme la salle de bains n'est pas éclairée, il doit tirer au pif. Son pif est bon. Il atteint le lit et une balle s'enfonce dans le mur au-dessus de ma tête. Je fouille sous mon oreiller pour trouver mon .38, et je tire. Je n'essaye même pas de le toucher. Je veux seulement qu'il sache que je suis armé. D'après moi, ma balle est entrée dans le plafond.

La silhouette recule en vitesse et je me lève en slip pour lui courir après. Je tombe sur la chaise que j'ai placée devant la porte. Le temps de sortir, je ne vois qu'une voiture qui s'engage sur la route, mais je ne suis pas sûr de la couleur et je ne distingue pas son numéro.

C'est une grosse voiture neuve, et je n'ai aucune chance de la rattraper. Même si j'avais voulu tenter le coup, je suis debout en slip, un pistolet à la main, et tout autour de moi, les têtes paraissent aux fenêtres.

— Tout va bien ! je gueule. C'est la police.

Je retourne lentement dans ma chambre et je ferme la porte. Mon explication me donne cinq minutes. Je m'habille en deux secondes et je gagne la réception de l'*Heureux Voyageur*. La grosse n'est pas là, mais la lumière est allumée. La pendule murale annonce deux heures du matin. Je l'entends se lever en haletant dans la pièce à côté, et je m'empare du registre. J'arrache la page où j'ai inscrit mon nom, je la fourre dans ma poche et suis dehors avant qu'elle ait fait un pas. Je n'ai pas envie de fournir des explications.

Je fais dans les quatre-vingts bornes en essayant de réfléchir. Tout a été très rapide, mais la silhouette qui s'encadrait dans la porte était grande. Quand je suis certain qu'il n'y a personne en vue, je sors de la route sur ma droite, je m'arrête derrière une colline et j'éteins mes phares. Dans le coffre, je conserve une vieille couverture de pique-nique. Je la sors et je m'installe sur la banquette arrière après avoir rechargé mon .38. Je m'endors en quelques minutes, en serrant sur mon cœur mon arme tel un nounours en acier.

CHAPITRE V

L'hiver ne me réussit pas. J'entends un grattement et je m'assieds tout d'une pièce. Il y a quelque chose devant le pare-brise. Je tire. La glace vole en éclats et je rate le clebs, un colley, de trente centimètres. Je l'entends s'éloigner au trot en aboyant de terreur. Je me mets à sa place.

Je m'assieds, et je découvre un autre problème. L'humidité de la mer, la rosée et six heures passées dans une position biscornue, tout ça c'est trop pour ma colonne vertébrale. La blessure remonte à un Noir à qui mes reins ne revenaient pas et qui le leur a fait savoir. Quand le temps se met au froid, j'ai l'impression que mes vertèbres se soudent toutes ensemble dans un cocon de nerfs à vif.

Je gémis et ça me soulage un peu pendant que je roule sur moi-même pour passer la portière. Le colley me surveille du haut de la colline. En deux minutes il me voit m'installer à l'avant et brosser les éclats de verre tombés sur la banquette. Je n'ai aucun calmant, mais je connais quelqu'un qui en a. Je me mets dans une position à peine supportable, je fourre mon .38 dans son holster, je maudis l'océan que je vois à une centaine de mètres au-dessous de moi et je regagne la route.

Pendant une partie du trajet, ça ne va pas trop mal. Ça veut dire que j'arrive à ne pas hurler de douleur. J'ai faim au bout d'une heure, mais je ne veux pas sortir de la voiture. Je ne suis pas sûr de le pouvoir. Juste avant midi, je trouve un truc, vers Santa Barbara, où on vient vous servir dans la voiture. Je klaxonne au *El Camino Drive-In*, et une rousse décharnée, en uniforme rouge bien collant, s'approche. Elle se fige devant mon visage angoissé et couvert de chaume.

— Ça va pas ? dit-elle.

— Ma femme vient d'accoucher, j'explique. Me suis pas couché de la nuit.

— Compliments, répond-elle, avec l'accent du Missouri ou de l'Oklahoma. Un garçon ou une fille ?

— Une fille. Eleanor Roosevelt Peters.

Elle prend la commande que je marmonne : deux sandwiches aux œufs avec de la mayonnaise, et du chocolat au lait.

Quand j'ai fini de manger, je tire un dollar de ma poche, mais le Missouri ne veut rien savoir.

— Le patron dit que c'est aux frais de la maison. Pour le nouveau papa.

Elle a un sourire tordu et gentil, et je me sens comme un Italien en Éthiopie. Je lui souris aussi et je repars.

Tard dans l'après-midi je m'arrête devant l'immeuble Farraday, dans un endroit interdit au parking. Maintenant, le hic, ça va être de sortir de ma voiture. Pendant que j'essaye, Jeremy Butler sort pour respirer un peu d'air non contaminé par l'odeur d'eau de Javel.

— On t'a encore tiré dessus ? demande-t-il en me prenant le bras.

— Non, c'est mon dos. Tu peux m'aider à monter au bureau ?

Butler me soulève comme si j'étais gonflé à l'hélium et me trimbale dans le bâtiment.

— Je connais des tas de mecs qui ont la colonne vertébrale esquintée, dit-il en prenant l'escalier au lieu de l'ascenseur.

Je pèse mes soixante-quinze kilos bien comptés, et pour le moment c'est autant de poids mort, mais il n'a pas l'air de s'en apercevoir.

— Tu connais des culturistes ?

— Quelques-uns, dit-il sans s'arrêter. Leurs muscles sont différents de ceux des lutteurs. Tout est dans le haut. Ils n'ont pas de centre de gravité.

J'ai toujours mal, mais je me rends compte que Butler fait tout ce qu'il peut pour que ça se passe en douceur.

— Je veux dire au point de vue caractère.

— Il y a de tout, explique Butler. Des pédés et des cavaleurs. Des petits garçons à sa maman. Tous exhibitionnistes. Ils veulent qu'on les regarde. Leur mère, leur père, tous ceux qui n'ont pas fait attention à eux quand ils étaient petits, et ils veulent se rattraper. Des fois, c'est des braves gars.

— Tu es poète, Jer, dis-je tandis qu'il s'introduit dans l'alcôve de Minck et Peters.

L'alcôve est à peine assez grande pour nous contenir tous les deux. Il la traverse en vitesse. Shelly est en train de manger un petit pain en fumant un cigare et en lisant dans son fauteuil dentaire. Butler le prie de se lever et il me dépose avec précaution à la place d'honneur. Je gémis pour éveiller la pitié alentour. Butler n'est même pas essoufflé.

— On t'a canardé ? demande Shelly, avec plus de curiosité que de sympathie.

— Non, mon pote, je réponds entre mes dents. C'est ma colonne. Tu as quelque chose pour calmer la douleur ?

— Naturellement, dit-il en prenant sa seringue. Je vais te faire une piqûre et te donner des pilules, mais autant rester quelques jours au lit et attendre que ça se passe.

— Je n'ai peut-être pas quelques jours à vivre.

Shelly relève ma chemise et me fait une piqûre dans la fesse.

— Je m'en sers pour les gencives, dit-il à Butler, mais il n'y a pas de raison que ça ne marche pas ailleurs.

Il me donne un flacon sans étiquette contenant une dizaine de pilules. J'en prends une et l'avale, m'étouffant à moitié. Shelly ouvre le robinet de son fauteuil dentaire et je bois dans le verre crasseux. Souffrant le martyre, je me recroqueville, d'ici que la piqûre et la pilule fassent leur effet. En attendant, je raconte à Shelly et à mon propriétaire l'histoire de Judy Garland, du gnome mort et des deux tentatives contre moi. Shelly en connaît déjà une partie, mais il était tellement occupé à sauver l'unique dent du sosie de Walter Brennan qu'il a oublié.

— Je vais tenter quelque chose, dit Butler en me soulevant.

Je ne veux pas qu'on me soulève, mais je ne suis pas en état d'argumenter; la piqûre et la pilule n'ont pas encore agi. Butler m'allonge par terre et me roule sur le ventre. Je ne m'aplatis pas tout à fait parce que je suis presque en position fœtale. Il place sa main gauche sur ma colonne vertébrale et la droite sur mes reins. Puis il empoigne mon omoplate. Tout d'un coup, il pousse et tire, sans prévenir. Craquement, comme un tuyau qui casse, et douleur fulgurante.

— Là, dit Butler. Ça va mieux ?

Je veux reprendre ma position fœtale, mais je sens que la douleur est presque passée. J'ai toujours un peu mal dans le bas du dos, mais c'est tolérable.

Je me lève, un peu chancelant, mais je sais que je peux marcher et que je ne serai plus obnubilé par mes souffrances.

— La piqûre agit, explique Shelly, en pointant son cigare sur moi avec une fierté toute professionnelle. Prends les pilules et tout ira bien pendant un jour ou deux.

Butler ne souffle mot. Il se contente de poser sur Shelly le regard indulgent de ses petits yeux bleus.

— Merci, je leur dis à tous deux.

Et je pars en boitillant vers mon bureau. Je n'ai presque plus mal quand je m'assieds pour décrocher. J'entends la porte s'ouvrir et Butler s'en aller. Shelly se met à fredonner *Emmène-moi voir le match*, faux comme d'habitude, et je demande à la standardiste de me passer la M.G.M. Hoff n'est pas là. Je l'appelle à la maison. C'est lui qui décroche.

— Hoff, est-ce que Cassie vous a parlé de l'autre nain, celui dont Wherthman dit qu'il était copain avec Cash ?

— C'est dimanche, fait-il d'un ton d'excuse. Je ne peux toucher personne. Mais je suis sûr que je le saurai demain.

— Aujourd'hui, ce serait mieux. Occupez-vous-en. Qui est l'avocat de Wherthman ?

— Un certain Leib. Marty Leib. Son bureau est...

— Il me faut son numéro chez lui. Je ne serai peut-être plus vivant demain. Il est dans l'annuaire ?

Hoff ne sait pas mais il a noté son numéro personnel. Il fait bien son boulot.

— Encore une chose, Hoff. Où étiez-vous hier, tard dans la soirée ?

— Pourquoi ?

— Quelqu'un d'à peu près votre taille m'a tiré dessus dans un motel de la côte.

— Mais nom de Dieu, pourquoi voulez-vous que j'aille vous tuer ? hurle-t-il.

Sa colère a l'air sincère, mais je l'ai déjà vu changer de personnalité d'une seconde à l'autre.

— Où étiez-vous ?

— Ici. Toute la nuit.

— Vous avez un témoin ?

— Ma femme, dit-il en se ressaisissant.

Je le vois d'ici rajuster sa coiffure. Je me demande s'il porte une robe de chambre et des mules en velours grenat, avec un numéro du *New Yorker* à la main.

— Les femmes mentent souvent dans l'intérêt de leur mari, je remarque.

Il ne répond pas.
— Allô, vous êtes là, Warren ?
— Je suis là. Vous avez besoin d'autre chose ?
— Vous me devez un jour d'honoraires plus mes frais. Je vous enverrai la facture.
J'attends qu'il raccroche, et on joue à « après vous, je n'en ferai rien » pendant une vingtaine de secondes. Finalement, je laisse tomber le premier.
J'appelle Leib, l'avocat, et sa voix de basse manque me faire tomber à la renverse.
— Ah, monsieur Peters, gronde-t-il, je voulais justement vous appeler. Notre client a laissé un message pour vous. C'est le nom de l'autre nain, l'ami de Cash. Il s'appelle John Franklin Peese.
Je lui demande d'épeler pendant que je cherche mon crayon grignoté et une enveloppe pour noter. Je trouve l'enveloppe que m'a adressée Merle Levine, la dame dont je n'ai jamais retrouvé le chat.
— Je vais travailler là-dessus, dis-je.
Et je lui fais part du témoignage de Clark Gable, d'après lequel le suspect était plus petit que la victime.
Leib répond que c'est formidable, mais il espère qu'on aura encore mieux par Peese. Il veut éviter procès et publicité. Ce serait mauvais pour tout le monde de citer Clark Gable comme témoin clé dans une affaire qui semble terminée. Leib ajoute que je peux le rappeler à n'importe quelle heure, et nous raccrochons bons copains.
Maintenant, le hic, c'est de mettre la main sur John Franklin Peese, mais d'abord, j'appelle Andy Markopulis. Il m'annonce que Woodman et Fearaven sont allés chez Judy Garland et qu'il ne

s'est rien passé. Les studios possèdent des dossiers sur tous les employés, présents et passés, et ils ont sans doute quelque chose sur Peese. Andy ajoute qu'il me verra au studio si ça me va. Je réponds que je vais y réfléchir et que je le rappellerai.

Pendant que j'y réfléchis, Cassie James m'appelle. Elle me demande comment s'est passée ma visite à Clark Gable et comment je vais. Je lui raconte tout, y compris qu'on a encore essayé de me supprimer. La dernière fois, j'avais bien aimé la façon dont elle s'était approchée de moi quand j'avais failli y passer. Cette fois, c'est sa voix qui me fait le même effet. Puis elle m'annonce qu'elle sait le nom du nain que Gunther Wherthman essaye de se rappeler. Elle me donne le nom de Peese et ajoute qu'elle peut consulter les dossiers du personnel pour trouver son adresse. Ça me semble plus marrant que de donner rendez-vous à Andy Markopulis, et je lui demande où elle est. A la maison, et elle m'invite à dîner. J'accepte, et elle me donne une adresse à Santa Monica et deux heures pour m'y rendre.

Je n'ai presque plus mal au dos. Je décide de prendre le risque de rentrer chez moi me raser et me doucher. Une heure plus tard, je suis propre, rasé de frais, et je n'ai plus la bouche pâteuse. J'avale une pilule de Shelly, juste au cas, et je sors dans le soleil couchant à l'affût d'un visage hostile surmontant un grand corps. Je ne vois rien.

Le trajet se passe sans histoire. Personne n'essaye de me tuer, et ce dimanche est vraiment mort. Des journaux volettent dans la rue. Des Mexicains désœuvrés palabrent, assis sur les trottoirs. Les Anglo-Saxons possesseurs de pelouses tondent leur gazon.

La radio annonce que demain on diffusera une « Parade d'Hollywood pour Wilkie » avec Conrad Nagel, Edward Arnold, Porter Hall et Arthur Lake. Point de vue vedettes, Roosevelt distance nettement son concurrent. J'arrête la radio et m'en vais chez Cassie James.

Sa maison donne sur la plage de Santa Monica. Ce n'est pas un truc de milliardaire, mais ce n'est pas l'assistance non plus. Je ne sais pas exactement ce qu'elle fait à la M.G.M. ni combien on la paye. Mais quand je descends de voiture, je remonte mes estimations. Elle a du fric.

Le ressac roule et gronde et le soleil est coupé en deux par l'horizon. Elle vient m'ouvrir avec un petit sourire, et je déchiffre son code des couleurs. Aujourd'hui, elle est en corsage et jupe jaunes. Elle est pour les couleurs unies. Pas de rayures, d'impressions ou de petites fleurs. Ça lui donne l'air solide. La maison est assortie. Pas une rayure ou une fleur dans l'ameublement du salon. Même les tableaux sur les murs blancs ne sont pas fleuris. Elle me surprend à observer la pièce au lieu de la zieuter.

— Qu'en pensez-vous ?

— C'est reposant, dis-je en posant mon chapeau sur une table et en me laissant choir sur un canapé où la place ne manque pas pour la compagnie.

Elle s'assied à côté de moi et me tend une carte sur laquelle se détachent, écrits soigneusement à l'encre verte, le nom de John Franklin Peese et une adresse dans Main Street. Je la fourre dans ma poche et Cassie James se rapproche un peu.

— Vous avez faim ? dit-elle.
— Toujours, je réponds, ce qui est presque vrai.
Je sens son haleine et je la regarde dans les yeux.
— Passons sur les préliminaires, dit-elle doucement. J'y ai sacrifié plus d'une fois. Je trouve ça bête, gênant et ridicule.
Elle se lève et me conduit dans une chambre peinte en jaune. Le lit et l'ameublement sont noirs.
— On dînera plus tard, dit-elle. Ce sera plus facile pour tous deux.
Elle tend la main pour prendre mon manteau, et je le lui donne. Puis elle me fait signe d'ôter mon pantalon et quitte la pièce en éteignant la lumière. Je me déshabille et je me mets au lit. Je prépare quelques vannes pour le cas où elle reviendrait avec un tablier et un plateau-repas. Elle revient, sans tablier et sans plateau, et je garde mes bons mots pour moi. Elle est belle et hâlée, et elle fleure bon les montagnes. Je me renverse et elle s'allonge sur moi. On ne parle pas, on ne se presse pas. C'est mieux que tout ce que j'avais imaginé, et le bruit du ressac, dehors, favorise la situation.
Je manque m'endormir, mais pas tout à fait. Elle me réveille d'un baiser.
— Faim ?
Je dis que oui, et elle se lève lentement, rejette ses cheveux noirs en arrière et se dirige vers le living.
Elle revient vêtue d'une jupe et d'un sweater en tricot noir.

— Tu as cinq minutes, murmure-t-elle.

Je grogne et je me lève tandis qu'elle s'en va. Quelques minutes plus tard, je suis habillé, et avant d'aller au salon j'avale une pilule de Shelly, juste au cas ; je la fais descendre d'une gorgée d'eau prise au robinet de la salle de bains rose. Avec une colonne esquintée, ces activités ne sont pas tellement recommandées.

Nous dînons dans un coin du living, près d'une fenêtre d'où on voit la lune et la côte. On mange un steak et du maïs, à volonté. Le tout arrosé d'une bière et en parlant de tout et de rien.

— Tu ne t'es jamais mariée ? je demande quand on a levé le couvert.

— Une fois, très peu de temps, et ça remonte à loin. Et toi ?

— Une fois, pour très longtemps, et ça remonte à hier.

Il n'y a plus grand-chose à dire sur ce sujet. On parle de Judy Garland. Je lui raconte ma vie, en me donnant le rôle d'un dur. Elle me raconte quelques petites choses de la sienne, mais pas beaucoup plus que je n'en savais déjà. On parle de Hoff en rigolant de ses changements de personnalité et je lui raconte aussi mon audience chez Mayer. Depuis des années qu'elle travaille au studio, elle n'a jamais parlé avec Mayer ni été dans son bureau. Elle est entrée à la M.G.M. peu après son arrivée du Texas. Sa carrière d'actrice a tourné court au bout de quelques années, et elle s'est consacrée à celle de sa sœur. Quand sa sœur est morte, elle s'est lancée dans la création de costumes et elle réussit bien comme assistante. Elle ne me parle pas des hommes, mais je suis sûr qu'elle le ferait si je le lui demandais.

Entre onze heures et minuit, elle annonce qu'elle va se coucher seule parce qu'elle doit être au studio à six heures du matin. On s'embrasse et je veux prolonger la chose, mais elle me repousse doucement avec des promesses pour l'avenir.

— Je te parlerai demain, dis-je.

— Je t'attendrai.

Et je fonce vers ma Buick comme si j'étais monté sur un noir destrier.

En rentrant à la maison, je me sens de force à occire n'importe quel dragon qui essayerait de forcer mon castel. De plus, le dragon qui essaye d'avoir ma peau tire comme une savate. J'ai confiance, mais je ne suis pas idiot. Je tire le canapé devant la porte, j'éteins la salle de bains et je fourre mon pistolet sous mon oreiller. Mon dos est au poil.

Je rêve que Roosevelt fait campagne au Pays des gnomes, promettant de chasser les méchantes sorcières. Deux gnomes au couteau entre les dents se glissent derrière lui pendant qu'il parle. Les autres gnomes et Glinda, la bonne fée, voient les mini-assassins mais ne disent rien. C'est moi qui dois sauver le président. J'essaye de courir, mais mon dos me fait trop mal. J'essaye de hurler, mais je n'émets aucun son. Je regarde, impuissant et horrifié. Glinda, qui ressemble beaucoup à Cassie et qui est tout en rouge uni, me prend dans ses bras et me console. C'est vachement bon et je me sens salement coupable.

CHAPITRE VI

Merde pour les bananes. Je mets toujours mes bananes au réfrigérateur. Elles noircissent et ne payent pas de mine mais elles durent plus longtemps. Je trouve une survivante derrière un pot de gelée de raisin. Ignorant sa couleur, je la coupe en petits morceaux dont je saupoudre mon bol de céréales. Ajouter sucre et lait. Couronner le tout d'une tasse de café et vous avez le déjeuner gastronomique Peters ; c'est exactement ce que je fais en ce beau lundi matin tout en lisant mon journal. Le précédent locataire n'a pas annulé son abonnement, et de temps en temps je me lève assez tôt pour mettre la main dessus avant qu'un voisin le vole. C'est ce qui s'est passé aujourd'hui. Je me place dos au mur dans ma petite alcôve-cuisine, je pose mon .38 devant moi sur la table et je lis en mangeant.

Un titre sur huit colonnes annonce que l'élection présidentielle sera la plus serrée depuis 1916. J'essaye de me rappeler qui étaient les candidats en 1916. C'était trop tard pour Lincoln et trop tôt pour Hoover. D'après le Gallup, la tendance Wilkie est puissante.

Une chemise propre sur le dos, une cravate relativement propre autour du cou, le souvenir de Cassie James dans la tête, une journée d'honoraires devant moi à la M.G.M., un dos guéri et plein d'espoir en mon avenir, je mets le pied hors de chez moi et dans une flaque de boue. Je tombe sur le cul. Il a plu cette nuit, mais comme je dormais je n'ai rien entendu.

Un changement de garde-robe me ramène au même endroit dix minutes plus tard, avec un complet propre sur le dos et une lueur méfiante dans l'œil. Les dieux viennent de m'avertir de ne pas faire confiance à l'avenir, et je comprends l'avertissement.

A pied, il y a assez loin de ma piaule chez John Franklin Peese, dans Main Street, mais ce n'est pas impossible. J'y vais en voiture et ça me prend moins de dix minutes. C'est un de ces quartiers pouilleux qui cernent le centre de la plupart des grandes villes. Je connais bien le coin; mon bureau est à quelques centaines de mètres. Je me gare dans un garage sur Broadway et je reviens à pied. Normalement, je me serais garé dans la rue, mais sans vitres et dans ce quartier, ce serait courtiser le malheur et me retrouver sans pneus ou sans voiture du tout.

Main Street est une rue très animée, l'une des plus animées même, il y a beaucoup de restaurants et de grands immeubles. Il y a aussi des asiles pour clochards et on peut acheter un hot dog pour cinq cents.

Je m'arrête devant le numéro 134. C'est un

garni pour clochards. Une pancarte annonce : « Lit : 15 cents — Chambre : 35 cents, eau chaude et froide. » A côté, un cinéma s'enorgueillit de n'avoir que des places à cinq cents. « Grand spectacle — Petit prix. » Une pancarte informe qu'on projette cinq films. Une autre annonce qu'il y en a six. Un mec en livreur de lait avec une veste par-dessus repousse sa casquette blanche en arrière et étudie l'affiche. Je me poste à côté de lui, et je me demande à qui ça porterait tort si je passais ma journée dans une salle obscure.

Le laitier entre mais je ne le suis pas. Je pénètre dans le garni. Il me faut trente bonnes secondes pour que, après la lumière de la rue, mes yeux s'habituent à la pénombre poussiéreuse d'un hall éclairé par une ampoule de quarante watts.

Ces ampoules de quarante watts, c'est une bonne idée après tout : ça économise l'électricité, et ça empêche de bien voir le hall, qui est exigu et meublé de vieilleries des années 20. Le genre d'endroit où Shelly recrute la plus grande partie de sa clientèle, et où sa clientèle recrute la plupart de ses maladies.

Quand mes yeux se sont habitués à la pâle lumière jaune, je gagne la réception. Je passe devant un type assis dans l'un des deux fauteuils du hall. Je ne me retourne pas sur lui, mais je ne l'oublie pas. Il est beaucoup trop bien fringué pour hanter le matin un tel endroit. Il fait beau et les parcs sont gratuits. Par une journée pareille, n'importe quel clochard aurait le courage de parcourir les quelques centaines de mètres qui le séparent du Parc des Expositions.

Le gars de la réception porte un sweater pourri et une veste. Il a le nez morveux. Il a un rhume et je n'ai pas envie de l'approcher de trop près. Ce n'est peut-être pas un rhume. Il est chauve, avec de grosses taches de rousseur sur le crâne. Il a la poitrine creuse, comme s'il avait chopé une bonne quinte de toux et qu'il ne s'en soit jamais remis. Il a un bide proéminent et n'importe quel âge entre vingt-cinq et cinquante ans.

— Je m'appelle Peters, dis-je avec calme et sérieux. Je fais une enquête, et j'aimerais avoir quelques renseignements sur l'un de vos locataires.

Il se mouche dans un mouchoir crasseux, fourre le mouchoir dans son pantalon et me considère de ses yeux chassieux.

— Monsieur? j'insiste.

— Valentine, dit-il. Je n'utilise qu'un seul nom.

— Comme Garbo.

— Elle en a un autre. Moi, je ne me sers que de celui-là.

— Vous êtes dans le spectacle?

— Non, crache-t-il avec mépris. Qui c'est, votre client?

— Peese, John Franklin Peese.

— Je me rappelle pas, dit Valentine en récupérant son mouchoir.

— Impossible, fais-je en surmontant ma répulsion et en me penchant vers lui. Il a environ un mètre de haut.

Valentine se mouche bruyamment tout en ayant l'air de réfléchir aux gens qui mesurent un mètre.

— Qui est le veilleur de nuit ? je demande.

— C'est moi. Je ne quitte jamais mon poste. Je dors là-dedans.

Il me montre une porte derrière lui.

— Regardez dans votre registre, je suggère avec lassitude.

— Vous n'êtes pas flic, dit-il en se détournant.

— Trois tickets.

— Cinq.

— Au revoir.

— Attendez.

On sait tous les deux comment la conversation va se terminer, mais le respect des règles nous oblige à exécuter le rituel jusqu'au bout. J'ai joué à ce petit jeu des douzaines de fois, et je sais que ce n'est pas fini. Je compte mes trois tickets.

— Chambre 31, annonce-t-il.

Comme je vais lui tourner le dos, il ajoute :

— Il n'habite plus ici. Il a déménagé il y a cinq mois, à peu près. J'ai été content de le voir partir. C'est un sale petit con.

— Vous avez sa nouvelle adresse ? dis-je en m'adossant au comptoir.

Le dandy du hall fait semblant de lire, mais je sais qu'il entend tout ce qu'on dit.

— Il n'a rien laissé, ronronne Valentine.

— Vous avez une idée de l'endroit où je pourrais le trouver ?

Il met trop longtemps à répondre « non » ; je comprends qu'il a un atout, peut-être simplement le nez bouché, mais ça vaut le coup de tenter ma chance. Ce n'est pas que ça me plaise, mais je ne peux pas glander ici toute la journée. Je me détourne lentement, je tire deux dollars de mon portefeuille et, tendant le bras, je saisis Valentine par son pull-over. Il m'en reste un morceau dans la main.

J'assure ma prise et je le tire vers le comptoir. On est nez à nez. Il pue comme les ordures du vendredi un lundi matin. J'ai l'impression qu'on est tous les deux sur le point de dégueuler. Lui de trouille; moi de dégoût.

— Paraît qu'il crèche quelque part dans le centre, gémit-il.

— Où ? je demande avec un sourire forcé.

— Je ne sais pas. Dans un des grands hôtels, répond Valentine en haletant. Un de nos clochards l'a vu. Selon lui, Peese avait l'air d'avoir décroché la timbale. Gros cigares. Tout le toutim. Et Peese n'a pas voulu lui payer une nuit de garni. Un vrai salaud, ce petit con, un vrai salaud.

Je le lâche doucement. Son pull est en bouchon sur sa poitrine d'oiseau et il halète. Je dois avoir à ses yeux l'air que mon frère a aux miens.

— Désolé de vous avoir bousculé. Tenez, pour vous acheter un pull neuf et un nom de famille.

Je jette cinq tickets de plus sur le comptoir. Dans ce quartier, il peut trouver dix pulls pour moins que ça dans un rayon de cent mètres.

— Je n'ai pas envie d'un nom de famille, dit-il en posant les cinq dollars sous le comptoir. Citez-moi quelqu'un à qui ça a servi d'avoir un nom de famille ?

C'est pas bête, ce qu'il dit là.

Je ressors dans le soleil et mes yeux se ferment tout seuls. J'attends de n'être plus en vue de la porte pour essuyer sur mes mains la crasse de

Valentine. Je connais un raccourci pour regagner Broadway par une ruelle. Une fois, j'ai eu l'occasion d'y pourchasser un môme quand j'ai travaillé un mois comme videur au *Broadway Bar*, en 37. Comme la plupart des clients étaient des ringards et des poivrots, j'avais un assez bon palmarès victoires-défaites. Mais mes deux ou trois défaites retentissantes m'ont renvoyé en vitesse à mon boulot de privé. Crise ou pas. Une de ces défaites m'avait laissé le crâne fendu comme une banquette de voiture qui a passé trop de temps dans le désert.

Ces joyeux souvenirs s'évanouissent dès que je mets le pied dans la ruelle et que je comprends deux choses. Primo, j'ai à passer toute une longue journée à chercher un nain dans les hôtels du centre. D'ailleurs il n'habite peut-être même pas un hôtel du centre. Valentine a peut-être mal entendu, ou encore le clochard qui lui a transmis le renseignement s'est peut-être trompé, mais il faut quand même tenter ma chance. La plupart de mes enquêtes consistent à suivre des pistes qui ne mènent nulle part. Les flics font la même chose, mais ils sont nombreux.

Deusio, quelqu'un me suit. Je ne veux pas me retourner. Si c'est le dragon qui tire toujours à côté de la cible, ça l'inciterait peut-être à tirer plus tôt que prévu. Je continue d'avancer dans la ruelle, contournant les poubelles, cherchant une porte ouverte et m'attendant à chaque instant à recevoir une balle dans le dos. J'en ai déjà pris une dans le dos il n'y a pas si longtemps. Je ne veux pas pousser ma chance. Même le dingue qui essaye de me refroidir finira bien par avoir les probabilités pour lui, à la longue.

Il ne sait pas pratiquer les filatures, et je vois du coin de l'œil son ombre qui s'étire sur le mur de brique. Maintenant, il presse le pas pour ne pas se laisser distancer, mais je ne cherche pas à le semer. J'ai les aisselles trempées, et Broadway n'est plus qu'à une dizaine de mètres. Je prends une décision, tire mon pistolet tout en marchant et entre soudain dans une porte.

Le mec derrière moi continue, je sors, lui fourre mon arme sous le nez et l'attrape par sa veste. C'est le dandy du garni. Je l'attire sous la porte et le coince dans l'ombre. Il a l'air étonné, mais pas plus que ça, et pas du tout paniqué. Je le fouille pour voir s'il est armé, de la façon que les flics de Glendale m'ont apprise il y a deux lustres. Il s'en sort à son avantage, et je le reluque. Il porte un complet d'été gris, une chemise et une cravate blanches. Il n'est pas habillé pour une filature. Il se voit comme une boule de neige dans un tas de charbon.

La cinquantaine, un visage rond et une petite bouche un peu molle. Il a le nez droit et porte des lunettes rondes en écaille. Son crâne se déplume et ses cheveux sont clairsemés, mais il les ramène en avant sur la gauche, pour combattre le désert laissé par le temps.

— Parfait, dis-je. Qui êtes-vous et pourquoi me suivez-vous ?

Il sort une pipe et l'allume. Ses mains ne tremblent pas, sa voix est un peu aiguë mais parfaitement calme.

— Je m'appelle Chandler. Raymond Chandler, dit-il en allumant sa pipe. Je suis écrivain. J'écris des nouvelles et des romans policiers.

— Ça n'explique pas ce que vous faisiez dans le hall de ce taudis pour clochards, ni pourquoi vous me suiviez, je siffle entre mes dents.

C'est ce que je trouve de mieux pour l'intimider, mais il a l'air intéressé et amusé.

— Je m'installe souvent dans les halls d'hôtels pour observer les caractères et écouter la langue, explique-t-il. Celui-là est d'une classe un peu inférieure à ceux où je vais d'habitude, mais ça valait la peine. Je vous ai découvert. Vous êtes le premier privé authentique que je vois au travail.

Impossible de juger s'il fait un numéro ou s'il dit la vérité. Je trouve son histoire un peu con.

— Quels livres avez-vous écrits ? je demande.

Je remets mon pistolet dans son holster, mais je reste sur mes gardes.

— Eh bien, dit-il, j'en ai écrit un intitulé *Le Grand Sommeil*, et, il y a quelques mois, on en a sorti un autre qui s'appelle *Adieu, ma jolie.*

Je n'ai jamais entendu parler de lui ni d'eux, et je le lui dis.

— Le nombre des romans policiers qui ont eu l'ombre d'un succès d'estime peut se compter sur les doigts d'une seule main de privé à deux doigts, soupire-t-il.

Ça ressemble bien à une remarque d'écrivain.

— Je ne vous trouve pas l'air dangereux, mais...

— Je suis passablement dangereux armé d'une serviette mouillée, sourit-il, mais mon arme préférée, c'est le billet de vingt dollars, quand j'en ai un, ce qui est rare. Écoutez, vous pouvez facilement vous renseigner sur mon compte. Mon éditeur s'appelle Knopf. Je vais vous donner son numéro, à moins que vous ne préfériez le chercher vous-même. J'habite 449 San Vincente Boulevard à Santa Monica avec ma femme Cissy. Vous pouvez l'appeler.

Je lui réponds que c'est ce que je vais faire. Je le guide jusqu'à Broadway et on entre dans une taverne. Il y a un téléphone mural, je laisse Chandler debout dans un endroit où je peux le voir. J'ai l'impression qu'il est généralement triste, l'air plutôt las du monde, mais quelque chose l'a réveillé et il sourit en fumant.

J'appelle le numéro de Los Angeles que Chandler m'a donné. C'est une agence littéraire. Je le vérifie dans l'annuaire tout en parlant. Je demande au type s'il a déjà entendu parler de Chandler et il répond que oui. Je lui demande aussi son signalement, et il m'en fournit un qui convient. Je raccroche.

— Vous êtes un homme prudent, monsieur... ?

— Peters. Toby Peters. Je compense par la prudence ce qui me manque de cervelle.

— Puis-je vous inviter à déjeuner ou à prendre une bière, monsieur Peters ? dit Chandler.

En dix minutes, j'ai bousculé un minable et un bon citoyen grand teint. Ça m'a ouvert l'appétit. On trouve un troquet un peu plus loin, où il y a des sandwiches au steak et de la bière, et où je peux m'asseoir le dos au mur en surveillant la porte. Chandler n'est peut-être pas le seul à me suivre. Je raconte ma dernière affaire à Chandler, et il m'écoute. Je crois que pendant une minute il me prend pour un dingue, mais je lui propose d'appeler Warren Hoff à la Metro. Il refuse.

— Je compense sans doute en cervelle ce qui me manque en prudence, dit-il. Peters, j'ai une proposition à vous faire. J'ai entendu ce qui s'est passé à l'asile. Vous allez vous mettre à chercher ce nabot, non ?

J'acquiesce.

— Parfait, dit-il. Je vais vous aider un peu, si vous voulez. Ce sera bon pour ma documentation, et ce sera une compensation pour la peur que je vous ai faite.

Et ça égaiera aussi un homme qui en a bien besoin ; je veux parler de Chandler, pas de moi. Un peu d'aide ne me fera pas de mal, même s'il ne fait pas grand-chose, et sa compagnie est agréable.

— Très bien. Payez l'addition et on y va.

On fait en voiture les quelques centaines de mètres qui nous séparent de mon bureau, et Chandler tourne la tête pour bien s'imprégner de l'atmosphère et de l'odeur d'eau de Javel. Je le présente à Shelly qui travaille sur un de ses clients réguliers, un môme. Shelly essaie de lui redresser les dents, ou de le tuer au cours de cette tentative.

J'annonce à Shelly que Chandler écrit des romans policiers, mais Shelly n'a jamais entendu parler de lui.

— Vous avez les dents qui avancent, Ray, dit Shelly en pointant son cigare sur Chandler et en le regardant par-dessus ses lunettes. J'y jetterai un coup d'œil quand j'aurai fini avec mon jeune ami.

— Un autre jour, répond Chandler en souriant.

— Comme vous voudrez, dit Shelly en haussant les épaules pour signifier que Chandler y perdra.

Le môme est assis dans le fauteuil, la bouche grande ouverte. Je lui fais signe de la fermer. Shelly souffle sur son miroir et l'essuie sur sa blouse crasseuse avant de se retourner vers le môme dont la bouche s'ouvre toute seule, comme actionnée par un ressort.

— Le propriétaire est écrivain, dit Shelly en fourrageant dans la bouche du gosse. Poète. Vous devriez faire sa connaissance. C'est un ancien lutteur.

— Autrefois, je croyais être poète, dit Chandler.

La tristesse commence à embrumer son visage, et je le pousse en vitesse dans mon bureau.

Je décroche et demande à la standardiste si elle peut repérer un certain John Franklin Peese dans un de ses annuaires. Elle dit qu'elle ne trouve rien, ce qui ne m'étonne pas. Il y a plusieurs façons d'essayer de retrouver Peese. Je peux essayer les imprésarios dans l'espoir qu'il est dans le spectacle, mais ce n'est pas prometteur. Je peux aussi demander à mon frère de vérifier si Cash, le nain assassiné, conservait une adresse ou un numéro de téléphone au nom de Peese dans ses affaires. S'ils se connaissaient, c'est possible. Mais je doute que Phil me donne le renseignement.

Je prends un annuaire, j'assieds Chandler à mon bureau, et je lui dis d'appeler tous les hôtels du centre en commençant par les « A ». Moi, je vais commencer par les « Z », à l'envers. Quand on arrivera aux « M », si on n'a encore rien trouvé, on discutera. On considérera que le centre est un rectangle délimité par les artères suivantes : Alpine, Septième Rue, Figueroa et Alameda. Si on ne dégotte rien dans ce coin-là, on cherchera plus loin ou on laissera tomber.

— Si on vous pose des questions, dites que vous êtes de la police, j'ajoute. S'ils vous demandent votre nom, inventez-en un, mais souvenez-vous-en. S'ils disent qu'ils n'ont personne du nom de Peese, dites que vous êtes flic même si on ne vous le demande pas, et tâchez de savoir s'ils ont des nains dans la maison.

Il acquiesce de la tête, et je sors tandis qu'il se met ardemment au travail. Je l'entends dire : « *Hotel Alexandria ?* » pendant que je referme la porte. Ça va peut-être me faire une drôle de note de téléphone, mais c'est la M.G.M. qui paiera, même s'il faut leur écrire en détail la liste de tous les hôtels contactés. Il y a un taxiphone dans le hall ; quittant Shelly qui fredonne, je vais donner mes coups de fil, la poche pleine de petite monnaie.

Deux des cinq premiers hôtels que j'appelle croient que c'est une blague.

Environ un quart d'heure plus tard, comme je vais filer à la standardiste le numéro du *Natick Hotel*, Chandler se précipite dans le hall en regardant à droite et à gauche.

— Je l'ai ! hurle-t-il.

Je raccroche et je m'approche.

L'hôtel est un des plus grands du centre. Peese est inscrit sous son nom et se trouve chez lui. Chandler n'a pas demandé à lui parler. Il a réfléchi en vitesse, et répondu qu'il avait un paquet à lui poster et qu'il voulait vérifier l'adresse.

On remonte dans ma Buick, on traverse Figueroa et on fait les quelques centaines de mètres qui nous amènent dans le centre. En roulant, je lui parle d'une affaire où j'avais passé quinze jours à chercher un mari fugitif qu'on avait retrouvé planqué dans sa propre cave. Chandler continue à fumer, écoute, et remarque, plus pour lui que pour moi :

— C'est bizarre, la civilisation. Elle promet la lune, et tout ce qu'elle tient, c'est la production en masse d'objets et d'individus de bas étage.

On n'a pas le temps de parler beaucoup plus, et j'ai l'impression que, dans l'humeur où il est, Chandler me flanquerait l'envie de partir ventre à terre chercher le boulot de gardien de nuit suggéré par mon frère.

Je trouve à me garer dans la rue, et on finit à pied jusqu'à l'hôtel. Il y a un portier, qui reconnaît en Chandler un client en puissance, et m'accepte en tant qu'original. Je dis à Chandler de me laisser faire, et on va au comptoir de la réception. Il y a deux préposés, et l'un d'eux s'avance avec un léger sourire.

— Oui ?

— John Franklin Peese, je demande. Sa chambre, s'il vous plaît.

Le réceptionniste nous regarde, moi et Chandler.

— Je vais vous annoncer.

Je l'arrête du geste :

— M. Peese est mon frère. Il y a des années qu'on ne s'est pas vus. Je veux lui faire la surprise.

Le réceptionniste a l'air soupçonneux, et Chandler précise :

— L'état de M. Peese n'est pas héréditaire. Sur quatre frères, c'est le seul qui soit nain.

Le préposé flanche, mais hésite. Il est sur le point de céder, et je ne veux pas que Peese nous échappe.

— Je me demande... dit-il.

Il a une petite moustache qui a l'air peinte. Il la tripote.

— M. Peese a...

— Mauvais caractère, j'achève, en simulant la colère. Et ça, c'est héréditaire dans notre famille.

J'ai fait exprès d'élever la voix, et Chandler comprend. Il s'avance et fait semblant de me calmer.

— D'accord, dit le réceptionniste, reconnaissant le tempérament familial à défaut du visage et du gabarit. Il est au 909.

— Merci, dit Chandler tandis que je m'avance à grands pas vers l'ascenseur.

— Attendez-moi ici, je murmure à Chandler. Faites des excuses au réceptionniste pour ma gueulante. Empêchez-le d'appeler Peese aussi longtemps que vous le pourrez.

Chandler hoche la tête et rejoint le réceptionniste qui est en train de me zieuter. Je le toise d'un air furibard en attendant l'ascenseur. Quand il arrive, Chandler est en train de hocher la tête d'un air compréhensif en écoutant une des remarques du gars.

Dans l'ascenseur, j'ai quelques secondes pour réfléchir à ma stratégie. Je peux sortir une salade, me présenter comme un imprésario, directeur de théâtre ou producteur et le faire parler, mais j'aurai peut-être du mal à brancher la conversation sur le meurtre. Je peux me prétendre flic ou lui en donner l'impression, mais si Peese est le genre de gars annoncé par Valentine et Wherthman, il va protester et me demander ma plaque.

Quand l'ascenseur s'arrête au neuvième dans un gémissement, je décide de lui servir un truc qui ressemble à la vérité. Ça le mettra peut-être assez en rogne pour qu'il laisse échapper un tuyau. Je ne me serais jamais imaginé en train d'user de violence sur la personne d'un nain, mais j'y viendrai peut-être. Peut-être que je vais le bousculer un peu pour le mettre en pétard.

J'enfile le corridor au petit trot jusqu'au 909. Chandler a l'air de bien s'acquitter de la mission que je lui ai confiée, mais je ne sais jusqu'à quand il pourra retenir le réceptionniste. Je frappe énergiquement au 909 et j'entends le téléphone sonner à l'intérieur.

— Qui est là? demande une voix aiguë et agressive.

— Je m'appelle Peters. Je suis détective privé et je voudrais vous parler.

Le téléphone sonne toujours.

— De quoi?

Mon nom ne semble rien lui dire, ce qui signifie qu'il ne sait rien de celui qui essaie de me refroidir, et que ce n'est sans doute pas lui qui a appelé Shelly pour avoir mon adresse.

— Meurtre, j'explique. Le meurtre d'un petit homme du nom de Cash.

— Foutez le camp! glapit-il.

Le téléphone sonne toujours.

— D'accord. Je vais redescendre dans le hall et appeler les flics. Je travaille pour la M.G.M. et mon boulot c'est d'étouffer la publicité, mais si vous voulez du bruit, vous en aurez. Et vous verrez le bruit que ça fera quand les flics s'amèneront et se mettront à vous poser des questions du genre : où étiez-vous vendredi matin ? Est-ce que vous connaissiez bien Cash ? Quelle affaire aviez-vous mise sur pied ensemble ? Pourquoi y a-t-il tant de gens qui parlent de vos disputes ?

Le téléphone s'arrête de sonner. Il a décroché. J'applique une oreille contre la porte et je l'entends répondre d'une voix venimeuse :

— Merci, débile. Il est ici en ce moment. Oui, c'est mon frère, mais si vous m'appeliez quand ils sont en bas pour savoir si j'ai envie de les voir ou non ? C'est pour ça que je vous paye.

Il raccroche.

Je m'écarte de la porte en entendant de petits pas s'approcher. La porte s'ouvre, et je vois l'humain le plus exigu que j'aie jamais vu. Debout l'un à côté de l'autre, Wherthman l'aurait dépassé de la tête. Je remarque que, comme Wherthman, il est bien proportionné. A l'œil, il n'a pas l'air déformé, mais à l'oreille, si.

Il profère un chapelet de « con » et d'« enfoiré », plus quelques exclamations pittoresques à propos du sexe et des fonctions d'excrétion. Quelle éducation !

Peese porte une chemise fantaisie blanche et brodée et un sweater souple. Je continuerais bien à le regarder, mais je remarque autre chose en entrant dans le grand living. Tous les meubles sont à sa taille. Une porte est ouverte et je regarde dans la chambre. Là aussi, tout est à son échelle.

Il se détourne et s'assied dans un petit fauteuil noir. Il a un visage enfantin, mais plein d'une antique colère. Il fait partie des petits de ce monde que ronge l'amertume. Il y en a qui font un mètre quatre-vingts, mais ils ont les paumes moites ; ils gardent toujours la tête baissée et ne la relèvent qu'en vous croisant, avec le rictus de l'animal traqué, qui ne sait pas s'il va mordre ou pleurer. Il allume un cigare et dit :

— Asseyez-vous.

Je ne sais trop où m'asseoir. Le canapé est trop petit, et la table a l'air trop fragile. Il me regarde chercher avec embarras un endroit où me poser, et il a un sourire vicelard. Il tire une bouffée de son cigare grandeur nature et se renverse dans son fauteuil.

— Vous ne recevez pas beaucoup de visiteurs de taille normale ? je demande en prenant le parti de m'asseoir par terre.

— J'en reçois de toutes les tailles.

— Je pige.

Je pose mon chapeau par terre en m'adossant au mur.

— Ça vous fait plaisir que les gens normaux se sentent gênés et maladroits ici.

— On ne peut rien vous cacher, Pénis, dit-il avec un sourire.

— Mon nom, c'est Peters, John Franklin, tâchez de vous en souvenir, et je tâcherai de me souvenir de ne pas vous marcher dessus par inadvertance.

Wherthman m'a dit que mon frère la lui avait servie, celle-là. Et ça a fait merveille pour abattre le moral de Wherthman. Je voudrais bien que ça fasse le même effet à Peese, mais j'en suis pour mes frais.

— Eh bien, dit-il en fumant comme une cheminée, je me sens gêné la plupart du temps dans vos maisons. Ça me fait plaisir de voir les gens comme vous se sentir tout cons.

Un bon point pour lui. Mais pas question de lui décerner des bons points.

— J'ai quelques chaises géantes pour les amis, ajoute-t-il.

Comme il ne se précipite pas vers un placard pour m'en chercher une, je conclus que je n'appartiens pas à l'élite que constituent ses amis. Mais après tout, on vient seulement de se rencontrer.

— C'est un plaisir de faire votre connaissance, John Franklin, et je suis désolé de mettre fin à cette conversation tellement stimulante, mais j'ai quelques questions à vous poser.

— Je n'ai aucune réponse, dit-il en exhalant un nuage de fumée.

La pièce est complètement enfumée et sent l'haleine de vache refroidie. Je n'ai pas l'intention de moisir ici.

— Essayons toujours, je poursuis en me déplaçant d'une fesse sur l'autre. Pourquoi avez-vous tué Cash ?

Une fois le nuage de fumée dissipé, je vois ses yeux. Je me demande si je pourrais me défendre s'il m'attaquait au couteau, assis par terre comme je le suis. Mais il ne sort pas de couteau.

— Je ne l'ai pas tué. Je ne savais pas qu'il était mort. Désolé de l'apprendre.

— Vous avez l'air de quelqu'un qui ne s'en remettra pas.

— Je m'en remettrai.

— Quelle affaire aviez-vous mise en train avec Cash ? j'essaye.

— On n'avait pas mis d'affaire en train. Je le connaissais, c'est tout.

— Quelle affaire avez-vous lancée ? j'insiste.

Il ne répond pas. J'ai envie de me coucher à plat dos, mais je serais trop vulnérable.

— Vous avez un bel appartement. Vous habitez un hôtel de luxe, vous possédez des meubles à votre taille, vous fumez de gros cigares, vous portez des vêtements coûteux. Il y a quelques mois vous économisiez les bouts de chandelle pour payer votre loyer dans un garni de Main Street. Vous montez dans l'échelle sociale, pas vrai, Rico ?

Il vire au cramoisi, mais ce ne sera pas facile de l'avoir. Pourtant il continue à parler : ça peut signifier qu'il sait quelque chose. C'est peut-être mon homme, ou l'un de mes hommes.

— Je joue dans des spectacles de temps en temps, dit-il, se renfonçant dans son fauteuil et soufflant un nuage de fumée dans ma direction.

— Ça paye bien, hein ? Dans quoi avez-vous joué ces temps-ci ? Il y a plus d'un an qu'*Oz* est terminé, et vous n'y avez pas fait fortune.

Il se tortille un peu, mais guère.

— Je n'ai pas à vous donner une liste de mes rôles. Vous avez de meilleures questions ?

— Vous avez de meilleures réponses ? Et les engueulades avec Cash ?

Je me lève. J'ai perdu la bataille pour faire croire que j'étais à mon aise. Un point pour lui.

— Qui dit qu'on s'engueulait ? hurle Peese. On était copains. On ne s'engueulait pas.

— Vous n'avez pas l'air ravagé par la mort de votre copain, dis-je en le dominant de toute ma taille.

Il lève les yeux, mais il n'a pas l'air intimidé, seulement furax.

— Qui dit que je m'engueulais avec Cash ? insiste-t-il.

— Wherthman, Gunther Wherthman.

Il rit en pointant son cigare sur moi.

— Qu'est-ce que vous voudriez qu'il vous dise ? Il cherche à faire porter le chapeau à un autre gars, et c'est moi qu'il a choisi. Il n'aimait pas Cash et il ne m'aime pas.

C'est à mon tour de sourire.

— Et pourquoi voudrait-il vous faire porter le chapeau ? je demande innocemment, tout en suintant la curiosité par tous les pores.

— Parce que les flics savent que c'est lui.

— Qui vous a raconté ça ?

— C'est vous, dans ce putain de couloir.

Je réponds que non, mais il ne cède pas.

— Je dois avoir entendu ça à la radio, ou l'avoir lu dans les journaux.

Je répète que non.

— C'est tout ce que j'ai à dire.

Il se lève.

— Maintenant, foutez-moi le camp et que je ne vous revoie plus. Et si vous racontez ce que je vous ai dit aux flics, je jurerai que vous l'avez inventé.

Je me dirige vers la porte, mais je tente encore un coup.

— Quelqu'un vous a vu vous disputer avec Cash, vendredi matin à la Metro, juste avant le meurtre de Cash. Et il vous a reconnu.

— Qui ? demande-t-il en me saisissant par la manche.

Je baisse les yeux vers lui, de mon air le plus sérieux.

— Un certain Grundy, un photographe. Il vous a parfaitement reconnu, jusqu'à votre voix angélique.

Peese explose et trépigne. J'ai l'impression que son pied va passer à travers le plancher et émerger dans le plafond du 809.

— Ce salaud, ce traître ! hurle-t-il. Il ment, ce gros plein de muscles.

— Au plaisir, dis-je en ouvrant la porte.

Comme je me retourne pour prendre congé, il se rue sur moi en me visant les parties. Son poing m'atterrit dans le ventre, je tombe à la renverse et je vais m'écraser contre le mur du couloir. Il claque la porte. Je n'ai plus grand-chose à faire. Je m'en sors avec quelques renseignements, mais je les ai payés en me faisant tabasser par un nabot.

Le souffle me revient après trois ou quatre bonnes inspirations. Puis je m'approche de la porte pour écouter. J'entends Peese demander un numéro au standard. Je ne saisis pas le numéro. On attend tous les deux l'équivalent d'une douzaine de sonneries. Peese raccroche bruyamment. Je décolle mon oreille de la porte et je gagne l'ascenseur en boitillant.

Le temps d'arriver au sixième et qu'une dame à cheveux rouges entre avec un chien à poils rouges dans les bras, j'ai compris quelques petites choses. C'est probablement Grundy qui m'a tiré dessus. C'est le seul des trois témoins qui ait entendu les nains se disputer vendredi matin. C'est lui qui a déclaré que l'un d'eux avait un accent et qu'il s'appelait Gunther. Le témoignage de Gable à propos de la taille des nains pourrait bien démolir ces affirmations. Combien peut-il y avoir de nains à l'accent allemand et prénommés Gunther à Los Angeles ? Mais je ne suis pas sûr que c'est suffisant. Si Grundy et Peese sont en cheville, dès que Peese aura vu Grundy, il se calmera. Mais avec son caractère, je doute que Peese puisse passer une heure avec mon frère sans se mettre à table.

Tout ce que j'ai à faire, c'est de passer le message à Phil en espérant qu'il isole Grundy et Peese dans des pièces séparées. J'ignore lequel des deux a tué Cash, et ça ne m'intéresse guère. C'est le problème de Phil.

Quand on arrive dans le hall, le chien rouge veut me mordre, et la dame rouge me fusille du regard. Le réceptionniste récupère le regard, et moi je récupère Chandler qui attend calmement, appuyé contre le mur, en regardant les gens entrer et sortir et en s'imprégnant de l'atmosphère.

— Vous avez piqué de bons dialogues ? je demande.

— Pas mal, dit-il en rangeant sa pipe. Et vous ?

Pendant qu'on se dirige vers la rue et le dais de l'hôtel, j'annonce à Chandler que Peese a bien l'air d'être mon homme, et qu'un photographe musclé semble être dans le coup.

— Et vous allez abandonner l'affaire à la police ? demande-t-il. Vous n'allez pas essayer de découvrir pourquoi Cash a été assassiné ou pourquoi ils ont essayé de vous tuer, vous et Judy Garland ?

— Ils ont essayé de me tuer parce que j'assemblais les morceaux pour prouver que Wherthman n'est pas coupable. Ils se sont dit que j'allais remonter jusqu'à Peese, et ils ont eu raison. Ma curiosité s'arrête là.

Ce n'est pas tout à fait vrai, et il y a encore quelque chose qui me turlupine. Les détectives de Chandler sont sans doute pleins de germes de la curiosité et couverts des orties de la responsabilité. Dans mon métier, ces maladies peuvent vous tuer comme rien. L'affaire est toujours embrouillée et je ne suis pas sûr que Phil veuille ou puisse la débrouiller avec ce que j'ai ; mais à moins de forcer Grundy à avouer, je ne peux plus rien faire. Si un nabot de vingt kilos peut m'aplatir d'un seul coup de poing, qu'est-ce que ce serait avec Grundy ? Il n'arrive peut-être pas à tirer droit, mais pour les mains, il n'y a rien à redire.

Je suis face à la rue quand je vois la femme. Il y a des tas de gens qui se déplacent dans les deux sens, mais elle s'est arrêtée et elle regarde en l'air. Elle a un grand sac en papier brun dans les bras, et une expression que je n'ai jamais vue. Elle porte la main à sa bouche et le sac tombe. Elle vient de chez un traiteur chinois. Les petits cartons blancs explosent sur le trottoir. Une pluie de riz et de pâtés impériaux inonde les passants sans méfiance. Je sors de sous le dais et je lève la tête. Quelqu'un semble suspendu à une fenêtre de l'hôtel. Et quelqu'un d'autre ne l'aide pas à rentrer. C'est difficile de voir avec le soleil dans les yeux, mais la dame et moi, on a quand même vu ça. Maintenant, d'autres aussi regardent.

Une cinquantaine de personnes voient tomber l'homme suspendu. Il dégringole en tournoyant, sans émettre un son, puis il frappe le toit d'un taxi en maraude et rebondit sur la chaussée à cinq mètres de moi. Le corps frôle la dame rouge au chien rouge. Je ne sais pas ce que fait Chandler, mais je m'avance pour m'assurer que c'est bien le corps de Peese. C'est lui, mais ce sera difficile de l'identifier, à part sa taille et ses vêtements. C'est son visage qui a percuté le taxi en tombant.

Je me retourne vers Chandler qui a l'air sombre mais plein de sang-froid, comme s'il s'était toujours attendu à voir un spectacle dans ce genre-là et que la vie lui ait donné raison.

— C'est Peese, dis-je en rentrant dans l'hôtel au pas de course.

Les gens me poussent en sortant voir ce qui se passe. Quelqu'un me le demande. Je pousse aussi et je fonce à la porte marquée : « Escalier ». Je sors mon .38 et j'attaque l'escalier, deux ou trois marches à la fois, écoutant si j'entends des pas au-dessus de moi. Le tueur prendra peut-être l'ascenseur, mais il prendra peut-être l'escalier. Je ne sais combien il y a d'escaliers dans l'hôtel. Je doute qu'il risque d'attirer l'attention en descendant par l'échelle d'incendie. Et je mise sur le fait qu'il ne voudra pas diminuer ses chances en prenant l'ascenseur.

J'ai dû me perdre dans mes supputations. Personne ne descend l'escalier. Au neuvième, je suis hors d'haleine, mais mon entraînement à la course et à la pelote me permet de continuer, et mon dos ne hurle pas. Personne dans le couloir. Ça va leur prendre quelques minutes pour déterminer de quel étage Peese est tombé. Le réceptionniste va l'identifier et les flics vont arriver. La porte de Peese est ouverte. J'entre ; je m'attends à ne rien trouver, ni personne ; j'ai raison. La fenêtre est ouverte, et je n'ai pas la moindre intention de m'y pencher. Je range mon pistolet et je fouille les lieux en vitesse, sans me soucier des empreintes. J'y suis déjà venu plus tôt et il y a des témoins. Il y a aussi un témoin de ma présence dans la rue quand Peese est tombé. Le témoignage de Chandler serait sans doute suffisant, même pour mon frère, mais je ne veux pas perdre mon temps à fournir des explications. J'inspecte à la hâte et je déniche un placard. Il est ouvert, et il y a une petite chaise à l'intérieur. Je monte sur la chaise et j'observe l'endroit que quelqu'un d'autre a sans doute observé il y a quelques minutes. Debout sur la chaise, mes yeux sont au niveau de l'étagère. J'allume le placard. L'étagère est vide, mais il y a un rond dans la poussière, de la taille d'une grande assiette.

Je descends en me demandant quel objet peut bien avoir cette forme. Je gamberge toujours en quittant l'appartement pour regagner l'ascenseur. Quand il s'ouvre, j'y vois le réceptionniste à qui j'ai parlé en arrivant. J'y vois aussi un flic en uniforme et tout, casquette, cravate noire, manches longues et air grave sur son jeune visage tavelé de taches de rousseur. Ils sortent et j'entre.

Les portes se referment quand j'entends le réceptionniste s'exclamer :

— C'est lui. L'homme qui était avec M. Peese.

Le jeune flic se retourne vers moi, mais trop tard. Les portes de l'ascenseur se ferment. Il a plusieurs choix. Il peut descendre l'escalier en courant, et il a une bonne chance d'arriver avant moi si l'ascenseur s'arrête. Il peut appeler la réception et demander à quelqu'un d'essayer de m'arrêter. S'il est vraiment con, il attendra un autre ascenseur. Je compte qu'il lui faudra dans les quinze secondes pour prendre une décision, à moins qu'il ne soit vraiment futé. Et il n'avait pas l'air si futé que ça. Je tente la chance et choisis l'ascenseur au lieu de sortir et de descendre en courant.

Ma chance tient bon. Personne ne prend l'ascenseur, et j'arrive dans le hall en quinze secondes. Le hall est presque vide, à part quelques personnes qui regardent le corps par les fenêtres. Chandler me repère en train de sortir en trombe et me rejoint.

— Je crois que j'ai vu votre homme, dit-il.

Il me décrit Grundy dans les moindres détails, jusqu'aux muscles avantageux et aux cheveux platine.

— Il trimballait quelque chose ? je demande.

— Oui, dit Chandler, une grosse boîte ronde en étain. On aurait dit une pièce de cinq cents géante.

— D'environ soixante centimètres de diamètre ? je m'enquiers en regardant par-dessus mon épaule si le flic arrive.

— Oui. Qu'est-ce que c'est ?

— Pellicule. Un film. Celui qui a tué Peese a raflé le film dans son appartement.

Chandler se gratte la tête et redresse ses lunettes pour les empêcher de tomber.

— Qu'est-ce que c'est comme film ? demande-t-il.

— Je ne sais pas, mais je sais à qui le demander.

Je lui serre la main et je le remercie de son aide. Et je le préviens aussi que j'aurai peut-être besoin de lui pour témoigner devant la police.

— Naturellement. Vous poursuivez le tueur ?

Je hausse les épaules et il a l'air content. Je fais ce qu'un privé est censé faire. Je fréquente les rues mal famées. Je me comporte comme un sacré imbécile.

CHAPITRE VII

Grundy a une bobine de film et, selon lui, tout le temps voulu pour la planquer. Il ne sait pas que je suis à ses trousses. Avec un peu de veine, je peux même arriver à son appartement avant lui, si c'est là qu'il va.

Ce n'est pas là qu'il va. Je me gare dans Highland et je vais jusqu'à sa porte. Elle est ouverte. Celle de l'appartement ne l'est pas. Je frappe, prêt à l'accueillir pistolet au poing, mais rien. Je plaque mon oreille contre le battant, mais rien. Je pourrais forcer la porte sans difficulté, mais ce que je cherche n'est pas là. Je veux Grundy et le film. Il doit sans doute le trimballer en voiture. Je ne sais même pas à quoi ressemble sa bagnole, quoique je l'aie vue deux fois, la première quand il a tiré sur moi dans Normandie Avenue, et la seconde quand il est sorti du motel de l'*Heureux Voyageur* après avoir encore tenté de me refroidir.

Je retourne au restaurant où je l'ai regardé déjeuner. La serveuse frisottée est là, avec son visage vide. Elle a dû s'hypnotiser elle-même pour s'empêcher de penser ou de sentir quoi que ce soit jusqu'à la fin de son boulot. L'embêtant avec cette méthode, c'est que parfois les effets de l'hypnotisme ne cessent pas avec la journée de travail, et qu'on reste comme ça tout le temps. Ça arrive aux serveuses, aux sénateurs, aux vedettes de cinéma et aux flics.

Je lui commande un café en m'asseyant au comptoir, et je me souviens trop tard qu'ici le café est dégueulasse. L'après-midi s'avance; j'ajoute un sandwich au thon et un au fromage. Il n'y a pas beaucoup d'animation dans la boîte. L'heure du déjeuner est passée, et ce n'est pas encore celle du dîner. Un vieux aux grosses lunettes, un mégot collé à la lèvre, est assis dans un box et lit le journal en faisant durer un café et un petit pain. C'est le seul client. La serveuse frisottée est assise près de la caisse, les coudes sur le comptoir. Elle regarde la vitre, mais je ne crois pas qu'elle voie quoi que ce soit.

— Je suis venu l'autre jour avec Barney Grundy, je lui rappelle.

Elle se redresse et me regarde, essaie de me situer. J'ai un visage facile à se rappeler, mais elle ne me situe pas. Elle n'a vu que Grundy, et maintenant, il n'est pas ici.

— Vous êtes un ami à lui ?

Elle penche la tête comme un oiseau curieux. Sur une joue, elle a une touche de rouge pas étalé. Elle ressemble à un clown inachevé et elle me fait de la peine.

— On passe beaucoup de temps ensemble, dis-je en finissant d'abord le sandwich au fromage fondu, parce qu'il est chaud. C'est quelqu'un.

— Ça, c'est sûr, dit-elle avec un pâle sourire qui vient fleurir sur son visage.

— Il vient souvent ici ?

— A peu près tous les jours.

— J'arrive de chez lui. Il n'y était pas.

J'attaque mon sandwich au thon. Trop de mayonnaise, et c'est comme ça que je les aime.

— C'est sa séance d'entraînement à Santa Monica, dit-elle. Tous les jours à cette heure-ci. Je croyais que vous étiez un ami. Vous êtes son ami et vous ne savez pas ça ?

— Je suis une relation de travail. Je travaille pour la M.G.M. et il faut que je le joigne à propos d'un film. Si j'arrive à le trouver rapidement, ça pourrait changer sa vie. Vous connaissez l'endroit où il s'entraîne à Santa Monica ?

Elle m'observe d'un air soupçonneux, et je continue à boire mon café sans la regarder. Je regarde ma montre.

— Il faut que je retourne au studio ce soir muni d'une réponse, je soupire. J'aimerais pourtant bien que Barney ait sa chance.

— Cimaglia, dit-elle. Le gymnase Cimaglia, dans Main Street.

Je la remercie, je me force à finir mon café lentement, je lui donne un pourboire royal et je sors dans LaBrea. Il y a un drugstore au coin. J'y entre et je vais droit à la cabine téléphonique.

J'appelle d'abord Andy Markopulis à la M.G.M. Je lui donne le signalement de Grundy et lui annonce que c'est sans doute notre homme. Il répond qu'il passera la consigne à Woodman et Fearaven qui continuent à garder l'œil sur Judy Garland.

Puis j'appelle mon frère.

— Toby, fait-il d'un ton trop calme, je te cherchais. J'aimerais que tu viennes à mon bureau pour bavarder un peu.

— Je viens dès que je pourrai souffler, je réponds, tout aussi calme. Je sais qui a tué Cash. Il a aussi tué un autre nain nommé Peese il y a environ une heure.

— C'est justement à propos de ça que je veux te parler, dit la voix de Phil, très lente. Il y a un réceptionniste qui nous a donné un assez bon signalement de toi. On dirait que tu étais dans la chambre de Peese quand il est tombé. Et il y a aussi un flic qui t'a vu. Je me rappelle t'avoir entendu dire que tu recherchais un nain. J'aimerais que l'agent en question jette un coup d'œil sur toi. Ça ne t'embête pas de passer?

— Je n'étais pas dans sa chambre quand on l'a défenestré. J'étais sur le trottoir en train de regarder une femme renverser son dîner chinois par terre. J'ai un témoin.

— Parfait, dit Phil, reprenant son ton habituellement tranchant. Passe donc et on en parlera.

— L'assassin, c'est Grundy. Barney Grundy. Ton témoin. Celui qui a vu Wherthman parler à Cash vendredi. Grundy, Cash et Peese étaient en affaire. Un truc qui a à voir avec le cinéma.

— La provision de nains s'épuise vite dans cette ville, observe Phil. Elle sera beaucoup plus saine pour les nabots si tu passes me voir. Et je commence à me fatiguer de te le répéter.

Sa voix a repris son ton rageur et je suis content qu'il ne sache pas où je suis.

— Je viens tout de suite.

— Je te donne une demi-heure.

Et il raccroche.

Je consulte une adresse dans l'annuaire, je retrouve ma Buick, je m'engage dans la circulation, manque caramboler une Chrysler toute neuve, et me lance dans la direction opposée à celle du bureau de mon frère. Santa Monica n'est pas loin, et j'ai envie de parler à Barney Grundy.

Le gymnase Cimaglia est un bâtiment blanc sans étage, en brique, situé à cent mètres de la plage dans Main Street. Cette Main Street-là n'a rien à voir avec la Main Street où créchait Peese avant sa soudaine aisance. Los Angeles est un puzzle de plus de cent quarante villes réunies. Il y a plus de huit cents noms de rues qui sont les mêmes. Au bout de quarante-quatre ans, il m'arrive encore de m'y perdre de temps en temps. Du dehors, Cimaglia n'a pas l'air d'un gymnase, mais à l'intérieur, on dirait un centre d'entraînement sur la planète de Superman. Derrière un petit comptoir se dresse un gars d'environ un mètre soixante-dix. Il a dans les cinquante ans et ressemble à Grundy, en plus petit. Il porte un tee-shirt bleu par-dessus ses muscles, et ses cheveux noirs sont coupés court comme du gazon. Il porte une serviette sur l'épaule et se présente sous le nom de Cimaglia. Derrière Cimaglia, une grande salle ouverte avec dix mecs du gabarit de Grundy. Les uns hissent des blocs de fonte avec des poulies, d'autres soulèvent des haltères. Il n'y a pas beaucoup de bruit, à part les halètements et la ferraille qui résonne. Quoi qu'ils fassent, c'est du sérieux.

— Que puis-je faire pour vous ? dit Cimaglia.

Je ne vois pas Grundy parmi les gars haletants.

— Je cherche Barney Grundy. Je suis un ami à lui et il a quelque chose pour moi.

— Il est parti il y a cinq minutes. Il n'est pas resté longtemps. Il a seulement fait un peu d'haltères.

— Il a dit où il allait ?

Cimaglia répond que non.

— Il a emporté quelque chose ?

— Seulement son sac, dit Cimaglia.

Il remarque dans la salle quelque chose qui ne lui plaît pas et hurle :

— Trop vite, Rocco, beaucoup trop vite.

Cimaglia surveille Rocco une bonne minute, puis, satisfait, se retourne vers moi :

— Attendez voir. Barney avait un autre truc en main. Une grande boîte ronde en étain.

— Il l'a apportée ici ?

— Ouais. Je crois qu'il l'a laissée dans son vestiaire.

La porte du vestiaire est derrière Cimaglia et mes méninges travaillent à toute vitesse. Je m'imaginais Grundy comme un tueur froid qui avait calmement jeté un homme par la fenêtre et qui était ensuite venu faire sa séance d'entraînement au gym, comme d'habitude. Ça ne concordait pas avec le tueur nerveux qui m'a deux fois raté. Grundy est venu chez Cimaglia pour cacher le film qu'il a pris. Pour une raison inconnue, sans doute de peur que les flics ou moi ne fouillions les lieux, il ne l'a pas rapporté chez lui. Il ne fait probablement confiance à personne pour le garder. Un vestiaire chez Cimaglia, c'est l'endroit rêvé.

Le problème, c'est d'arriver à ce vestiaire.

— Merci, dis-je en me tournant vers la porte.

— Vous voulez laisser un message pour le cas où il reviendrait ?

— Ouais. Dites-lui que Peese le cherche.

— D'accord, fait-il en se retournant pour surveiller Rocco.

La porte de la rue est en partie vitrée, et du dehors, je vois le comptoir et Cimaglia qui se retourne pour observer la salle. Je traîne dix minutes, je garde l'œil sur Cimaglia et m'efforce de ne pas trop me faire remarquer par le préposé de la station-service, en face.

Un athlète sort du gym et je lui souhaite le bonjour. Il me répond et il descend la rue. Je jette encore un coup d'œil par la porte vitrée, et je vois Cimaglia entrer dans la salle de gym. Je rentre ; je tiens le battant pour qu'il se referme sans bruit, et je regarde Cimaglia s'en aller dans un coin, tout au fond, montrer à un Hercule suant comment on boucle une barre d'acier.

J'avance en rasant le mur voisin de la porte, et je me glisse dans le vestiaire. Il est plus petit que je l'aurais cru. A peine la place pour deux bancs et deux rangées d'armoires en fer. Il y a une toilette dans un coin et un box avec deux douches. Le vestiaire est vide et propre, il y a quelques taches d'eau par terre, comme quand on s'égoutte après la douche.

Sur les armoires, des morceaux de sparadrap où sont inscrits les noms des propriétaires. Celle de Grundy est située dans le coin près des douches. Il faut faire vite, vu que je n'ai pas envie d'être surpris ici, mais je sais qu'il va falloir s'occuper de la serrure. J'introduis le canon de mon .38 dans l'anneau de l'armoire et je tire. Rien ne se passe, sauf que le haut de la porte cède un peu. Je me remets à tirer, d'une seule main, et j'introduis quelques doigts dans la fente de la porte, en haut. Je continue à tirer, je glisse d'autres doigts dans l'interstice. Le battant me pince les doigts mais je tiens bon. Je range mon .38 pour pouvoir tirer à deux mains. En une vingtaine de secondes, je suis en sueur, mais j'ai une bonne prise, à deux mains, sur le haut de la porte.

La porte gauchit un peu quand je tire. Heureusement pour moi, ces armoires ne visent pas la haute sécurité, mais l'intimité, que je fais de mon mieux pour violer. J'y parviens enfin dans un dernier effort qui arrache la clenche. La serrure tient bon, mais la porte s'ouvre dans un vacarme infernal. La boîte que je cherche est posée en haut sur un short, derrière une serviette-éponge orange qu'on y a jetée. Je fourre la boîte sous mon bras et je me redresse.

Il n'y a qu'une seule porte dans le vestiaire. C'est par là que je suis entré, et maintenant, Cimaglia se dresse sur le seuil. Derrière lui, Rocco, et encore derrière, une autre carcasse volumineuse.

— Qu'est-ce que vous faites ? demande Cimaglia.

Je suis à court de mensonges. Je tire mon .38 et je le pointe sur lui. Il n'a pas l'air de remarquer.

— Grundy a volé ce film, j'explique. Alors je le lui vole. Si vous voulez vous faire canarder pour le film d'un autre, à votre aise.

— C'est pas terrible comme pistolet, dit Rocco.

La sueur perle encore à son front et macule son tee-shirt. Il a raison. Dans cette pièce et avec sa masse, ce n'est pas terrible comme pistolet.

— Si on sait s'en servir, je dis doucement, ça peut faire un beau petit trou dans la figure. Et je sais m'en servir. Maintenant, reculez un peu et je m'en vais. Vous pouvez raconter ce qui s'est passé à Grundy, mais ça m'étonnerait qu'il appelle les flics.

Ils ne reculent pas. Charlie et Rocco font un pas en avant. Je n'ai pas envie de canarder deux bons citoyens qui tentent de m'empêcher de commettre un vol, mais j'ai la vision soudaine du traitement que pourraient m'infliger ces montagnes de muscles. J'abaisse mon pistolet et je tire. La balle frôle l'oreille de Cimaglia et s'enfonce dans le mur de plâtre, derrière lui. Cimaglia s'immobilise.

— J'ai fait exprès de rater, dis-je. Mais je n'ai plus beaucoup de balles et je me sens un peu nerveux.

— Ça se voit.

Il lui vient une ombre de sourire, et j'ai l'impression que ça lui plaît, cette façon dont j'assume la situation.

— D'accord, dit-il en levant la main. Reculez et laissez-le sortir.

Ils reculent à contrecœur et je franchis la porte. Je me rends compte que Rocco n'aime pas reculer.

— Si vous êtes veinard, vous tâcherez de ne pas vous trouver sur notre chemin, observe Cimaglia.

— Je ferai ce que je pourrai pour être veinard, je réponds en sortant dans la rue à reculons.

Ma voiture n'est qu'à quelques pas, et j'y monte ; je jette la bobine sur le siège voisin. Cimaglia sort, mais il ne se presse pas. Il me regarde démarrer. Je lui adresse un geste d'adieu, il se contente de rester les mains sur les hanches, en secouant la tête.

Au bout d'un kilomètre ou deux, je m'arrête et je mets la bobine dans le coffre. Il se fait tard et j'ai quelques décisions à prendre. Je peux aller chez mon frère en vitesse, lui raconter que j'ai eu des ennuis avec ma voiture. Ou bien je peux lui remettre le film et lui laisser découvrir ce qu'il y a dessus. Je peux aussi retourner chez Grundy et lui dire deux mots. Je peux faire des tas de choses, mais je me dirige vers la M.G.M.

Je veux voir ce qu'il y a sur ce film.

A la grille, les visages ne me sont pas familiers, mais je donne mon nom et ils appellent Cassie James, qui est dans les parages. Elle se porte garante de moi et je roule jusqu'à la loge de Judy Garland, où Cassie m'accueille tout en vert uni. Elle me touche le bras et m'embrasse tendrement.

— J'ai un film à visionner, dis-je. Où peut-on aller ?

Pendant qu'elle s'occupe de trouver une salle de projection et un projectionniste, je lui raconte tout : Peese, Grundy et le film. Elle me demande ce que ça signifie. Je lui réponds que je ne sais pas mais que le film nous l'apprendra peut-être. Cassie va prévenir Judy qu'elle s'en va, et j'essaye de voir ce qu'il y a sur le film, en le plaçant devant la lumière, mais je ne distingue rien.

Elle revient, me prend par le bras et, l'un contre l'autre, nous contournons quelques bâtiments et entrons dans une baraque qui contient une cabine de projection et deux fauteuils.

Un vieux projectionniste que Cassie appelle Lyle met le film dans le projecteur et s'assied.

On éteint les lumières et on regarde l'écran. Un bout de pellicule vierge défile, et Lyle règle la mise au point. Pas de son. La première image est une scène du *Magicien d'Oz* avec Judy Garland en perruque jaune.

— On a tourné quelques semaines avec Judy en cheveux jaunes, explique Cassie, mais ils ont trouvé que ça faisait trop bidon.

L'image suivante montre deux gnomes qui entrent dans une maison en se tenant par la main. Ils sont respectivement en costume de soldat et de sucre d'orge. Le film est en couleurs, mais la qualité de la couleur n'a rien à voir avec celle de la première image. Les deux gnomes entrent dans une maison et aperçoivent une fille couchée dans un lit, sur le ventre. La fille porte le costume de Dorothy et elle a de longs cheveux jaunes.

Les gnomes se regardent d'un air lubrique et commencent à se déshabiller. La fille sur le lit se retourne et se couvre le visage de ses mains. Elle ne ressemble pas du tout à Garland, mais ses mains cachent assez bien son visage pour qu'on comprenne que la fille du début et elle sont une seule et même personne.

Les gnomes bondissent sur le lit et se mettent à déshabiller la fille.

Ils ont à peine commencé que Cassie James lance :

— Stop.

Je rallume et je crie à Lyle d'arrêter la projection. Lyle ne regardait pas, c'est clair. Je m'avance devant l'écran et l'image se projette sur mon corps. J'ai un gnome à poil sur ma poitrine. Cassie me jette des regards frénétiques et je me remets à gueuler. Cette fois Lyle m'entend et arrête la projection. Il sort de la cabine comme je prends la main de Cassie.

— Qu'est-ce qu'il y a ? fait-il.

— Rien. On en a assez vu. Rembobinez le film et rendez-le-moi.

Cassie frissonne :

— C'est horrible.

Et pourtant, à mon avis, ce n'était qu'un début. On n'a vu que quelques minutes d'un film qui semble bien durer un quart d'heure ou plus.

— Ça explique plusieurs choses, j'observe. Grundy, Cash et Peese faisaient des films porno. Ils volaient la pellicule et se servaient des décors quand ils le pouvaient. Cash a dû exiger plus de fric, et ils l'ont tué, en essayant de faire porter le chapeau à Wherthman. J'étais sur la bonne piste, Grundy a essayé de me supprimer. Quand je suis remonté jusqu'à Peese, Grundy a craint qu'il ne révèle des choses sans le vouloir, alors il l'a jeté par la fenêtre et il est parti avec le film. Grundy m'a raconté qu'il aurait voulu être cameraman. C'est comme ça qu'il réalisait son rêve.

Cassie ne souffle mot, elle se contente de me tenir la main. Puis elle parle :

— Mais pourquoi a-t-il appelé Judy pour qu'elle découvre le premier cadavre ? Et pourquoi a-t-il essayé de l'empoisonner ?

Je n'ai pas de réponse, mais c'est une bonne question ; et je la poserai à Grundy dès que je lui mettrai la main dessus.

Lyle me rend le film et je le remercie. Il fait presque nuit, Cassie me ramène à son bureau, qui ressemble plutôt à un atelier, plein de costumes, de mètres de couture, de ciseaux et de dessins. Il y a un canapé dans un coin. La pièce n'est pas très grande, et elle fait partie d'une enfilade de pièces toutes semblables, mais le reste du bâtiment semble vide. Elle éteint la lumière et s'approche de moi ; elle me pousse vers le canapé.

On s'y assied dans le noir, et pendant un bon bout de temps, on ne parle pas. Puis on fait l'amour. J'oublie un moment Grundy et mon frère, mais c'est un moment trop court.

— J'ai des choses à faire, dis-je.

— Je sais.

— Tu veux que je te reconduise chez toi d'abord ?

— Non, répond-elle en me prenant la main. J'ai ma voiture. Appelle-moi dès que tu sauras quelque chose et sois prudent.

Je la ramène à sa voiture, garée le long du bâtiment, puis je retourne à la mienne, arrêtée près de la loge de Judy Garland. Il fait noir. Il y a de la lumière dans quelques bureaux, des rumeurs d'activité sur un plateau tout proche. Je croise deux femmes en costumes vaporeux qui parlent d'un certain Norman.

J'ouvre mon coffre et y jette la bobine de film. Quand je le referme, j'entends un bruit derrière moi.

— Rouvre-le, dit Grundy.

Je lui fais face. Il a une veste légère et un .45 automatique. Il s'avance vers moi. J'ouvre le coffre et j'en sors la bobine.

Il tend le bras pour prendre le film, après avoir fait passer son pistolet de sa main droite dans la gauche. L'arme n'est pas dans la bonne main et il tire comme une savate. Si je n'agis pas, je suis certain d'aller rejoindre Cash et Peese. Sa main frôle la bobine quand j'abats la mienne de toutes mes forces sur le pistolet. Le .45 et le film valsent dans l'obscurité. Grundy est agile. Il est sur moi avant que j'aie pu tirer mon .38. Je m'affale dans le coffre ouvert et je lui flanque un coup de pied en pleine figure. Il recule en titubant. En me relevant, je lâche mon .38 dans le coffre. Je tâtonne pour le retrouver, mais Grundy m'extrait de la malle et mon dos prend contact avec le sol dans un grand craquement de vertèbres.

Il me domine de toute sa taille, haletant. Il a le nez dégoulinant de sang, et l'air pas trop content de moi.

— Discutons, je hoquette.

Il secoue la tête et me relève comme si j'étais une poupée Shirley Temple. Il va me tuer de ses mains et de ses poings, et il va jouir. Je lui expédie un coup de poing en plein bide, mais rien ne se passe. Je lui flanque mon genou dans les parties, mais il esquive et reçoit le coup dans le mollet. Sa main droite se resserre autour de mon cou et il me cogne la tête contre un mur. Mon crâne explose de douleur et je tourne de l'œil.

CHAPITRE VIII

La lune oscille doucement dans le ciel. Elle se détache en rouge terne sur le noir. Je la regarde, presque hypnotisé. Il y a quelque chose derrière, mais je ne m'y arrête pas. Jusqu'ici, je n'avais jamais vu la lune osciller. Le quelque chose derrière la lune se précise. C'est un visage. Non seulement j'ai à résoudre le mystère d'un meurtre, mais je dois encore m'expliquer pourquoi la lune oscille et pourquoi il y a un visage derrière.

Une douleur fulgurante me traverse la tête et je gémis. Je suis couché sur le dos, et le sol est froid sous moi. Je m'assieds malgré la douleur et je palpe ma tête à l'endroit où Grundy l'a cognée contre le mur. Je ramène ma main humide et poisseuse.

La lune est rouge parce que mon sang coule dans mes yeux vitreux. Je regarde encore la lune, et le visage derrière elle s'éclaire ; c'est Clark Gable. Puis un autre élément du mystère lunaire s'éclaircit. La lune est une petite ampoule qui pend du plafond, oscillant doucement devant un portrait de Clark Gable. L'ampoule ne dispense guère de clarté, mais je distingue quand même un ciel plein de tableaux devant et derrière.

La douleur et le sang m'apprennent que je ne suis sans doute pas mort. En me raccrochant aux renseignements que je rassemble ainsi, je parviens à comprendre que je gis par terre dans un magasin d'accessoires.

J'essaie de me lever, mais je retombe à genoux et je m'appuie contre une chose qui n'est pas exactement un accessoire. Ça ressemble à un genou humain. Mes mains tâtonnantes découvrent le reste du corps, et d'après ce que je sens, je conclus que c'est Grundy ou un autre gars qui a passé pas mal de temps à s'occuper de ses muscles. Qui que ce soit, plus de soucis terre à terre. Un couteau est fermement planté au milieu de sa poitrine.

Avec beaucoup d'efforts et un peu d'aide que me procure une table, je me lève et j'oriente l'ampoule vers le cadavre. C'est Grundy. Il a les yeux ouverts, stupéfaits. Autant que je puisse en juger, il n'y a pas de traînées de sang par terre. C'est comme si on l'avait tué à l'endroit où il est encore.

Par contre, il y a beaucoup de sang à l'endroit où j'étais couché par terre. C'est mon sang. Ma cervelle travaille suffisamment pour me prier de me tirer d'ici en vitesse, mais ma tête ne suit pas. Il y a une sorte de couloir près du corps de Grundy. Je le suis à tâtons, au milieu des meubles et des accessoires.

Quelques millénaires plus tard, j'atteins la porte d'un monte-charge que je parviens à ouvrir. J'y monte et je m'appuie contre la paroi, sans savoir si je suis en haut ou en bas. Je pousse les trois boutons que j'aperçois et le monte-charge s'ébranle. Quand il s'arrête, je sors en titubant. L'aube est proche, et je veux aller quelque part où je puisse réfléchir. Si Grundy est l'assassin, qui a tué Grundy ?

La personne qui l'a refroidi m'a sauvé la vie, mais c'est bien la seule chose que je lui doive. Elle me laisse un cadavre sur les bras. Je ne sais pas où je suis dans les studios et j'erre au hasard pendant dix minutes. Puis je reconnais le bureau de Hoff et je retrouve ma voiture. Quelqu'un s'appuie dessus. Quelqu'un d'autre se tient près de lui. Le gars appuyé est mon frère le flic. Le gars qui l'accompagne est le sergent Steve Seidman.

Je m'arrête, attendant que Phil se rue sur moi pour m'étendre d'une droite dans une des parties de mon corps qui s'y attend le moins. Il s'avance bien en vitesse, mais il ne frappe pas. Je dois avoir l'air en pleine forme.

— Qu'est-ce qui t'est arrivé, nom de Dieu ? siffle-t-il entre ses dents.

— J'ai manqué de respect à Joan Crawford, je réponds.

Et je lui tombe dans les bras.

Cette fois, je ne tourne pas tout à fait de l'œil. Les événements se déroulent au-dessus et autour de moi dans une espèce de purée de pois tandis que le soleil se lève. L'agent Rashkow sort de nulle part, et Phil lui ordonne d'appeler une ambulance. Seidman est prié de localiser l'endroit d'où je viens. Phil me ramasse et m'amène quelque part, mais je ne sais pas où. Puis le visage de Judy Garland apparaît au-dessus de moi.

— Monsieur Peters ? Oh, monsieur Peters, ça va ? Il s'en tirera ?

Elle a l'air effrayée et inquiète, et je voudrais la rassurer, mais je ne peux pas parler.

Puis je sens qu'on me soulève et je voyage. Il y a des sirènes, et je voudrais bien qu'elles la ferment pour pouvoir dormir.

Quand je rouvre les yeux, le soleil brille très haut au-dessus de moi, mais ce n'est pas le soleil, c'est un projecteur de salle d'opération. Le visage penché sur moi m'est familier. C'est celui d'un gamin nommé docteur Parry qui m'a extrait une balle il y a une paye. Il est en blanc, il a des cheveux blonds et des lunettes. Il me recoud le cuir chevelu.

— Vous êtes stupide, Peters, dit-il tout en cousant. Votre tête est un vrai maelström de contusions et de fractures. Le corps humain n'est pas construit pour résister à ce genre de traitement. Un de ces jours, votre tête va éclater comme un œuf.

— C'est grave ? je demande.

Ni lui ni moi ne comprenons ce que je dis. Je recommence, très lentement :

— C'est grave ?

— Commotion cérébrale, arrachage du cuir chevelu, quinze points de suture, dit-il, peut-être seize.

Une infirmière est debout près de lui et ne souffle mot. Elle me rappelle l'abat-jour préféré de mon père, grande, mince et blanche.

Quand il a fini, il m'aide à m'asseoir. Ma veste a disparu et ma chemise est pleine de sang.

— Vous vous en sortirez, dit Parry en se lavant les mains dans un évier. Vous croyez que vous pourrez tolérer suffisamment notre compagnie pour passer la journée ici en observation au cas où il y aurait de petits problèmes, comme des lésions cérébrales ?

Il n'attend pas ma réponse. On me flanque dans une chaise roulante et l'infirmière-abat-jour pousse la voiture dans le hall. Phil est là, dégoûté, les bras croisés et le visage pas content du tout. Je ferme les yeux de souffrance.

Un type à l'accent du Sud me radiographie la tête sans grande douceur, tout en mâchant du chewing-gum. L'infirmière me ramène dans le hall et on repasse devant Phil. Le toubib Parry m'examine et me fait faire des trucs cotons, comme de suivre des yeux son doigt et de lui dire mon nom et mon adresse. Je passe le test.

— Vous n'êtes qu'une masse de cicatrices à forme humaine, dit-il, mais vous vous en tirerez.

Il hoche la tête et l'infirmière me roule dans le hall. Phil nous suit dans le corridor, puis dans l'ascenseur. Personne ne parle. On entre dans une chambre et l'infirmière m'aide à passer une robe de chambre.

— Vous voulez garder ça ? dit-elle en exhibant mes vêtements ensanglantés.

Je réponds que non et je m'allonge sur le lit. Dès que ma tête couturée touche l'oreiller, je me rassieds, fou de souffrance. Phil est appuyé contre la fenêtre.

— On a trouvé Grundy, dit-il.

Je me tourne sur le ventre en gémissant.

— Tu te défends bien, Toby. Tu es inculpé de deux meurtres, Peese et Grundy. Tes empreintes sont bien sur le couteau, non ?

— C'est toi qui me l'apprends.

— Je te l'apprends. Tu as déjà fait pas mal de conneries dans ta vie, mais hier tu t'es surpassé. Je te dis de venir à mon bureau, et tu te lances après Grundy. Qu'est-ce qui se passe ? Il te malmène et tu le poignardes en état de légitime défense ?

— Non. J'ai tourné de l'œil quand il m'a fendu le crâne. Quand je me suis réveillé, il était devant moi, un couteau dans la poitrine, tout comme Cash, celui de la route en briques jaunes. Ça ne te dit rien ? Le même assassin, par exemple ?

— Je croyais que tu prétendais que c'était Grundy qui avait flanqué Peese par la fenêtre.

— Exact. A cause de films porno que Grundy tournait avec des nains. Il volait des scènes à la M.G.M. et... Tu as trouvé la bobine ?

— Toby, Toby, dit-il en s'avançant vers moi, il n'y a pas de bobine. Le témoin principal que nous avions contre le petit nazi...

— Il est suisse.

— ... est mort, continue Phil. Le meilleur suspect de remplacement, Peese, est mort. Tu t'es trouvé avec ces deux gars juste avant leur mort. Tu t'es engueulé avec eux. Tu es dans le pétrin jusqu'au cou.

— Fouille l'appartement de Grundy. Peut-être que tu trouveras des noms, des numéros de téléphone.

— Tout ce qui pouvait servir, c'est toi qui l'as. Tu as tout fouillé, en vitesse, et c'est pas beau à voir.

— Tu veux dire que quelqu'un a fouillé chez Grundy ?

— Tu le sais bien, Toby.

Phil pose une main sur ma jambe et se met à serrer. L'infirmière entre.

— J'aimerais bien me reposer maintenant, je suggère.

— Je reviendrai bientôt, Toby, répond Phil en bousculant l'infirmière pour sortir.

— C'est mon frère, je lui annonce.

Elle n'a pas l'air impressionné.

Quand elle ressort, j'entends Phil lui demander combien de temps je devrai garder la chambre. Elle répond que je ne pourrai pas bouger avant un jour minimum.

Il y a un téléphone près de mon lit. J'appelle Shelly Minck, je le prie d'aller chez moi chercher mon dernier complet, de le fourrer dans un sac et de venir à l'hôpital. Je lui enjoins aussi d'enfiler une blouse propre et de monter à ma chambre. Si on lui demande quelque chose, j'ajoute, il dira qu'il est le docteur Minck.

— Mais c'est moi.

— Comme ça tu ne mentiras pas, je réplique.

Et je raccroche.

L'infirmière entre avec une pilule et un journal. Je fais semblant de prendre la pilule et je prends le journal. Il m'apprend que cinquante millions de personnes ont dû voter aujourd'hui. Il m'apprend que les premiers résultats viennent de Sharon, New Hampshire, où Wilkie a pris la tête, 24 à 7. A la page suivante, un ambassadeur japonais du nom de Yoshiaki Muira déclare que son pays et les États-Unis ne se battront pas pour la Chine.

Il faut deux heures à Shelly pour arriver à l'hôpital. Il n'a pas mis de blouse propre et il entre en agitant son cigare. Le principal, c'est qu'il entre, et avec une petite valise noire.

La chambre tangue autour de moi pendant que je m'habille, et Shelly n'arrête pas de parler de dents dévitalisées. Je suis à un cheveu de vomir, mais je tiens bon.

— Va voir si tu peux trouver une chaise roulante, je demande.

Je m'assieds au bord du lit pour que la nausée se calme en attendant Shelly. Il revient avec la chaise, je m'y installe. Il me roule dans le hall et dans le couloir, sans arrêter de parler de caries dentaires. J'espère que personne ne va s'arrêter pour l'écouter. On sort de l'hôpital sans problème et Shelly m'aide à monter dans sa voiture. Je ne sais pas où est la mienne. Mon pistolet est soit dans le coffre, soit chez Phil, à moins que l'assassin ait pris la peine de chercher mes clés pendant que j'étais sans connaissance, puis de prendre l'arme et de remettre mes clés à leur place. J'en doute, mais après tout, je ne sais rien de rien.

Shelly me voiture en clignant des yeux derrière ses lunettes pendant que je réfléchis. Sa conduite est une suite ininterrompue d'accidents ratés qu'il n'a pas l'air de remarquer. Ça ne facilite pas la réflexion.

Aux environs du 8 000 Sunset Boulevard, il s'arrête au bord du trottoir. L'état de sa Ford 37 vaut à peine mieux que celui de ma Buick. Je prends une pilule calmante qu'il me donne et je le regarde acheter un plan qui indique les résidences des vedettes. Le vendeur est assis sous un grand parapluie. Il se balance sur un fauteuil à bascule en osier et ses pieds sont posés sur une chaise dont on a scié le dossier. Il n'est pas pressé. Il ne gagne peut-être pas beaucoup de fric, mais personne ne cherche à le tuer. Je devrais lui demander du boulot. Je prendrais la chaise sans dossier.

Shelly met la radio, et on apprend que Hank Greenberg, le joueur de Detroit, a été élu Meilleur Joueur de la Ligue Américaine. Vingt minutes plus tard, on s'arrête à un stand pour acheter une livre de bonbons à vingt-neuf cents dans un sac en papier. On est quelque part entre Union et Hoover, et je demande à Shelly de me trouver une adresse dans l'annuaire. Il dégote trois abonnés du nom de Cash. Je lui emprunte un peu de monnaie et j'entre dans un bar. Ce que je voudrais vraiment, c'est le retour à la maison, mais il y a trop de gens qui savent où c'est. Je ne peux même pas regagner le bureau.

Aller chez Cash, c'est peut-être jouer le mauvais cheval, mais je n'en connais pas de bon. Ma tête va mieux depuis que j'ai pris la pilule de Shelly, et avec un chapeau, j'ai l'air à peu près présentable. J'appelle le premier James Cash. Il habite Venice. James Cash répond, et je sais que ce n'est pas le bon. J'appelle le second à Burbank et une très petite voix de femme me répond. Je demande James Cash, et elle me répond qu'il est mort. Je demande si c'est le James Cash qui a tourné dans *Le Magicien d'Oz*, et elle acquiesce ; elle accepte de me recevoir.

Shelly est fatigué et je me sens mieux ; je le dépose à cent mètres du bureau. Il veut travailler encore deux heures. Je promets de lui ramener sa Ford plus tard. Il me rappelle qu'il faut aller voter, et je lui promets que je n'y manquerai pas.

— Choisis le gagnant pour changer, Toby, dit-il. Wilkie.

Lesté d'une nouvelle pilule, d'un Pepsi et de deux tacos au poulet, j'arrive à Burbank. Peu après midi, je tourne dans une allée, près d'un panneau qui conseille : « Visitez notre maison modèle. » La Ford cahote dans un terrain vague, gagne quatre petites bicoques blanches en bois. Elles sont alignées dans un champ de boue. Chacune est exactement semblable à sa voisine. Certains de ces lotissements alignent ces petites baraques sur des kilomètres. Celui-là ne fait que commencer.

La maison que je cherche est au bout. La vue doit être chouette de l'intérieur, rien que des gravats, des poteaux téléphoniques et de la terre, qui, pour changer un peu, s'est transformée en boue hier soir.

La petite femme de Cash est vraiment très petite. Je me penche pour lui serrer la main. Elle est assez rondelette, elle a un visage agréable et des cheveux noirs. Une trentaine d'années. Elle me fait entrer dans un living aux meubles normaux, et ressort pour aller me chercher une tasse de café et un morceau de gâteau à la banane.

— Qu'est-ce que je peux faire pour vous ? s'enquiert-elle.

— Je travaille pour la M.G.M. Nous désirons savoir exactement ce qui est arrivé à M. Cash.

— J'ai dit tout ce que je savais à la police, mais apparemment ça n'a pas servi à grand-chose.

— Tout ?

La tasse tremble légèrement dans sa petite main. Elle semble vulnérable, et je ne veux pas la brusquer.

— Vous pouvez me parler des films dans lesquels il tournait ? je demande doucement.

Elle se met à pleurer et je la laisse faire. Le gâteau est bon. J'en prends un deuxième morceau et je lui redemande du café. Elle semble contente d'aller m'en chercher. Quand elle revient, elle s'assied sur une chaise en face de moi. Je constate à la marque qu'elle porte des chaussures d'enfant.

— James ne savait pas que je savais ce qu'il faisait, commence-t-elle. Mais je le savais. Je crois qu'il voulait arrêter, et celui qui l'a tué ne voulait pas.

— Vous pensez qu'il voulait prévenir la police ?

— Il ne l'a pas dit exactement, mais jeudi soir il m'a raconté que nous pourrions bientôt revenir dans l'Est.

Elle se remet à pleurer.

— James avait une vie difficile. Nous n'étions mariés que depuis quelques mois. Nous voulions des enfants, mais nous ne pouvions pas nous permettre autre chose que cette maison. Il avait honte de ce qu'il faisait, monsieur Peters.

S'il en avait honte, il le cachait bien, à en juger par le film porno que j'ai vu, mais je respecte la douleur de sa femme.

— J'en suis sûr, madame Cash, dis-je en lui tapotant l'épaule. Et vous n'en avez pas parlé à la police ?

— Non. J'ai pensé que ça nuirait à la mémoire de James.

— Vous avez bien fait. Est-ce que la police a examiné les affaires de votre mari ?

Elle acquiesce, mais il y a une chose dont elle

ne leur a pas parlé, un petit carnet d'adresses qu'il cachait.

— Je savais que ces adresses étaient celles des gens avec qui il travaillait.

— C'est peut-être l'un d'eux qui l'a tué.

— C'est probable, mais la découverte de l'assassin ne fera pas revenir James, et si tout le monde sait ce qu'il faisait, le bruit pourrait bien se répandre jusque dans l'Est.

— Vous retournez dans l'Est ?

— Oui. Mes parents habitent le Missouri. Ce ne sont pas des nains. Ils se font vieux et voudraient que je revienne. Je n'ai que cette maison et elle n'est pas payée. Si James gagnait beaucoup avec ce qu'il faisait, il a caché l'argent dans un endroit que j'ignore.

Elle me donne le carnet et me fait promettre de ne pas révéler d'où je le tiens. En échange du carnet, je promets aussi de faire mon possible pour qu'on ne parle pas de Cash à propos des films porno.

Elle me serre la main et je sors. Le ciel est sombre vers le nord. Peut-être qu'un ouragan va venir arracher la petite maison de Cash à son champ de boue et la déposer sur un arc-en-ciel. Peut-être que les éléphants vont se mettre à chier des diamants.

Glendale n'est qu'à quelques minutes, je roule jusqu'à ma patrie ancestrale et entre au *Restaurant de l'Élite*, situé à cent mètres du commissariat où j'ai travaillé un bout de temps. Le garçon me connaît et on se dit bonjour. Il a été flic, lui aussi. Il me montre une cicatrice au ventre qu'il a récoltée depuis notre dernière rencontre, et je lui montre ma tête. Il conclut que je gagne la timbale et m'apporte du café. Je ne veux rien avec. La plupart des noms du carnet ne m'apprennent rien que je ne sache déjà. Le nom de Grundy y figure. Celui de Peese aussi. Il y en a d'autres que je ne connais pas, des vieux copains, sans doute. Ou peut-être des relations de boulot. Il y a deux numéros après des initiales. L'un d'eux me semble familier. Je le contemple jusqu'à ce que ma vue se brouille. Puis tout redevient normal.

La nuit tombe sur les montagnes. Je remercie l'ex-flic et je me mets à rouler lentement vers le soleil couchant. Maintenant, tout concorde. C'est absurde, mais ça concorde. Tous les petits faits de ce jeu de construction s'assemblent en une tour de vérité, une tour hideuse construite par un enfant malade, mais il est difficile de s'en détourner.

Le trajet de retour me prend environ une heure. Je devrais être pressé, mais je ne le suis pas. Quelle que soit la conclusion de la journée, la suivante sera dégueulasse. Peut-être que Chandler avait raison de parler d'objets et d'individus de bas étage. Peut-être que ce pauvre vieux Toby Peters et son éternel optimisme sont enfin morts et bien morts. Peut-être que Toby Peters va s'arrêter de rigoler du merdier dans lequel il vit. Peut-être.

CHAPITRE IX

Je crois bien que je tombe sur l'équipe de service pour les élections, à la Metro. Je ne connais aucun des gars à la grille. Je demande si Warren Hoff est encore là et les prie de l'appeler. Hoff leur répond de me laisser passer et je roule jusqu'à son bureau. Je passe de plus en plus de temps à la M.G.M. la nuit. Bientôt, je trouverai mon chemin les yeux fermés.

La secrétaire de Hoff est rentrée chez elle, mais Warren est tiré à quatre épingles et bien carré dans son fauteuil.

— Eh bien ? fait-il.

— Pas si bien que ça, je réplique.

Je m'assieds en face de lui et pose mon chapeau sur le bureau.

— On m'a dit ce qui s'était passé la nuit dernière, dit-il. Ça ne va pas être facile d'étouffer deux meurtres. Il faudra bien que M. Mayer comprenne.

— Étouffer l'histoire des meurtres, c'est encore le plus facile, Warren mon ami. Le plus dur, c'est d'attraper l'assassin.

— La police prétend que c'est vous.

Il se lève et se sert un verre. Cette fois, il m'en offre mais je refuse.

— Non, ils ne le croient pas, Warren. Ils trouvent seulement que je suis pratique quand ils n'arrivent pas à résoudre leurs problèmes et qu'il n'y a pas de bouches à incendie dans le coin pour faire pisser leurs limiers. Mais ils ne croient pas que c'est moi.

— Qu'est-ce qu'ils croient, alors ?

— Je ne sais pas. Ils commencent à être à court de suspects. Chaque fois qu'ils en trouvent un bon, il se fait tuer. Mais je crois que nous pouvons maintenant mettre fin à tout ça.

Je lui lance le carnet.

— Qu'est-ce que c'est ?

— Une liste de starlettes. Regardez le numéro page quinze, en bas.

Il feuillette le carnet et trouve la page. Il reconnaît les initiales et le numéro. Il me relance le carnet, et je le bloque avant qu'il aille valser au centre du terrain.

— C'est à qui, ce carnet ? demande-t-il.

— James Cash.

— Le nain assassiné ?

Je lui réponds que c'est bien ça, et il proteste qu'il n'en croit rien, qu'il doit bien y avoir une explication. Il y en a bien une, en effet. Il le sait et je le sais.

— Vous voulez m'aider à trouver une bobine de film ? je demande en m'extirpant de mon fauteuil.

Il n'y tient pas mais je sais qu'il m'accompagnera. Je passe devant, mais nous savons tous deux où nous allons.

On allume en arrivant et on se met à fouiller. Il ne se donne pas beaucoup de mal, mais moi, je me régale à flanquer le bordel. Il y a une étagère pleine de vieux livres, étagère basse que je n'ai jamais vue encore. Un bouquin, un super-grand, a l'air bizarre. C'est de l'ancien neuf, d'un brun couleur bois avec des pages jaunies et craquantes. Il doit bien dater de deux générations, mais les premières pages ne sont pas coupées. Par contre, les pages du milieu sont taillées au centre et un rouleau de film y est douillettement niché. Le film n'est plus dans une boîte ni sur une bobine, mais roulé serré, pour prendre moins de place. Je referme le livre et je le tends à Hoff.

— Eh bien ? dis-je.

— Pas si bien que ça.

Mon opinion sur Hoff a changé quatre ou cinq fois depuis que je le connais. Tout bien considéré, je crois qu'il encaisse bien en ce moment.

On ressort. L'air de la nuit semble plus froid que quand nous sommes entrés. Hoff serre le livre contre son cœur, pour se prouver qu'il est bien là et pour se tenir chaud.

— Vous voulez tout me dire ? je suggère.

— Je ne veux pas, mais je suis bien forcé. Je n'arrive pas à croire ce que tout cela implique.

— Ça n'implique rien. Ça prouve. Peut-être pas assez pour un juge et un jury, mais assez pour quelqu'un qui sait compter sur ses doigts. Cassie James a tué Grundy et Cash. Il n'y a pas d'autre solution. Maintenant, quelle contribution pouvez-vous apporter à la bonne cause ?

De retour dans son bureau, il se reverse un verre et raconte son histoire. Il était devenu intime avec Cassie, très intime. Depuis un an, il la laissait sortir des morceaux de film en contrebande et utiliser certains décors pour un film qu'elle tournait. En tant que directeur de la publicité, il pouvait prétendre que ça faisait partie d'une campagne publicitaire. De plus, elle ne réclamait jamais un décor dont on avait besoin.

Hoff ne savait pas exactement pourquoi elle agissait ainsi. On lui avait dit que ça faisait partie d'une combine pour obtenir des bouts d'essais pas chers pour les jeunes acteurs. Ils emportaient leurs essais tout faits quand ils passaient des auditions.

— Ça avait l'air assez innocent, dit-il.

Hoff en est à son troisième verre, et ses mots commencent à se caramboler.

— C'était une salade dégueulasse, j'observe. Elle ne s'est même pas donné la peine d'inventer un mensonge passable.

— Je sais, mais je l'ai crue. Je voulais la croire, et elle n'en faisait pas une histoire. Tout ça restait très détendu.

— La mort de Cash a dû vous mettre la puce à l'oreille.

Il avoue que oui et qu'il a voulu en parler à Cassie. C'est pourquoi il était si nerveux vendredi quand on a fait connaissance. Pendant que je parlais à Judy Garland, Cassie était dehors en train de le convaincre qu'elle n'avait rien à voir avec la mort du nain.

— J'ai même eu l'impression d'être idiot, rien que de lui avoir posé la question. Pourquoi son idée de bouts d'essais aurait-elle conduit à un meurtre ? C'étaient seulement deux nains qui devaient tourner un essai avec un jeune acteur. Les nains s'étaient disputés et l'un avait tué l'autre. Elle m'a dit que si je parlais de l'histoire des bouts d'essais on perdrait tous les deux notre emploi, et pour rien. Le film n'avait rien à voir avec le meurtre. Elle peut être très persuasive, Peters.

Je sais que Cassie James peut être persuasive. Elle m'a persuadé dans tous les coins pendant trois jours. Je lui disais tout ce que je savais, et elle a essayé de me faire descendre par Grundy. Elle lui a même fait supprimer Peese quand j'ai commencé à en savoir un peu trop long. Hoff est un amateur à côté de moi.

— Où est-elle en ce moment ? je demande.

Hoff ne sait pas mais il va essayer de l'apprendre. Je songe qu'il est trop givré pour se servir du téléphone, mais il devient un autre homme une fois le combiné en main. C'est son instrument de travail, et givré ou pas, il sait s'en servir. Il commence par appeler les studios où elle pourrait se trouver, mais il fait chou blanc. Finalement, sur le plateau de *La Danseuse des Folies Ziegfeld*, quelqu'un se rappelle que Judy Garland a dit qu'elle allait dîner chez Cassie James.

— Parfait, Warren. Voilà ce que je veux que vous fassiez, fais-je en avalant une nouvelle pilule.

J'espère que je ne risque pas l'accoutumance.

— Vous allez appeler chez Cassie. Si elle est là, tâchez de savoir si Judy est avec elle. Compris ?

— Quoi d'autre ? demande-t-il, complètement dessaoulé.

— C'est tout. Cassie a flanqué le poison dans la carafe pour faire peur à Judy. Cassie a fait appeler Judy Garland par Grundy ou Peese vendredi pour lui dire d'aller sur le plateau de Gnome City. Cassie James n'aime pas Judy Garland. Vous pigez ?

Il pige. Il n'a pas besoin de consulter le numéro dans le carnet de Cash ou dans le sien. Je n'entends que sa part de la conversation, mais ça vaut le déplacement.

— Cassie, dit-il d'un ton joyeux, comment ça va ?... Oui... Non, je termine quelques petites choses au bureau... Oui... la police est sûre que c'est Grundy qui a tué les deux nains, et Peters qui a tué Grundy... Moi aussi... Cassie, je me demandais si je pouvais passer ce soir. Ça fait une paye... oui, bien sûr. Je comprends. Pas du tout. Donnez-lui le bonjour de ma part.

Il raccroche et se tourne vers moi.

— Elle est là-bas.

J'appelle Andy Markopulis. Il est chez lui. Les deux gorilles de Judy n'ont pas la radio dans leur voiture. Et même s'ils font le planton devant chez Cassie à Santa Monica, ils ne vont pas s'imaginer que Judy est en danger dans la baraque. Ils veillent plutôt à ne pas laisser entrer les gens.

— Warren, je suggère, rentrez chez vous. Je vous appellerai dès que j'aurai du nouveau.

Il me faut un quart d'heure pour arriver à Santa Monica. Je brûle les feux rouges et je dépasse allégrement la vitesse limite. Quand j'arrive chez Cassie, la lumière est allumée. J'éteins mes phares, je coupe les gaz et je laisse ma voiture descendre la colline toute seule, au point mort. Le bruit du ressac couvre le cliquetis de ferraille de la Ford. Je veux arriver par surprise, ou m'introduire en douce pour faire sortir Judy Garland. Si Cassie me voit arriver, peut-être qu'elle refera son numéro du couteau.

Tout marche comme sur des roulettes. Je me gare à l'ombre d'une colline et je sors de la voiture. Aussi lentement que je peux, je descends vers la plage et je m'engage sur le sable pour m'approcher de la maison du côté de l'océan.

Je suis à une dizaine de pas du porche d'accès à la plage quand ils me sautent dessus. Ils connaissent leur boulot. L'un me frappe haut, l'autre bas.

Nous roulons par terre, nous prenons du sable plein les yeux et les oreilles, nos grognements divers sont couverts par le ressac. J'ai surtout peur que mes points de suture me lâchent. Je voudrais terminer le combat avant.

Je me relève en reculant sur mes fesses et je pars en courant. Puis je fais volte-face. Je vois distinctement leurs visages au clair de lune. L'un d'eux, un grand efflanqué, sourit. L'autre est trapu. L'efflanqué arrive le premier. Je ferme mes deux poings l'un sur l'autre et je le frappe à l'estomac de toutes mes forces. Il s'abat en soupirant. Le deuxième me frappe en pleine course et on retombe. Je lui expédie un bon coup de coude dans la gorge et il gémit.

Je me relève, haletant.

— C'est vous, Woodman et Fearaven ?

L'efflanqué se relève à genoux et répond qu'il est Fearaven. Le seul combat que j'aie gagné depuis quinze jours, c'est contre deux types de mon camp ! Je les aide à se relever, tout en leur apprenant qui je suis ; je cite le nom d'Andy et leur montre mes papiers. Je les convaincs, mais ils veulent à toute force se ruer vers la maison pour prendre Cassie par surprise. Je reconnais que ça peut réussir, mais je les persuade qu'il y a mieux à faire.

J'entrerai normalement par la porte en débitant une salade pour gagner du temps, pendant qu'ils chercheront le moyen de pénétrer par-derrière. Si Cassie n'est pas armée, pas de problème. Si elle l'est, il nous faut un effet de surprise.

On s'époussette et en route. Je remonte la plage en direction de la porte de la façade. Je ne vois pas Woodman et Fearaven, mais j'aperçois Cassie et Judy Garland assises à côté de la table voisine de la fenêtre. Elles prennent le café, mais la table n'est pas desservie et un couteau à steak est posé devant Cassie.

Cassie a adopté pour ce jour la couleur marron. Judy Garland porte une jupe et un corsage vaporeux. Elle s'est fait deux petites couettes, sans doute pour obtenir un contraste avec le rôle d'adulte qu'elle joue dans son film et qu'elle essaie probablement de jouer aussi dans la vie.

Je frappe trois petits coups en succession rapide, et je recule pour juger de l'effet. Ce n'est pas ce que j'espérais. Cassie ne se lève pas. Elle se contente de lancer :

— Entrez.

La porte n'est pas fermée à clé. J'entre.

Cassie m'adresse un sourire énamouré. Judy Garland semble légèrement surprise.

— Désolé d'arriver sans prévenir, dis-je, mais j'ai besoin d'aide.

Je m'effondre dans un fauteuil.

— Je peux vous offrir quelque chose ? dit Cassie d'une voix inquiète.

— Un verre ne me fera pas de mal.

Quelque chose dans ma façon de parler a dû lui mettre la puce à l'oreille, lui donner des soupçons. Elle m'annonce d'une voix changée, d'un ou deux tons plus grave :

— C'est là-bas contre le mur. Sers-toi.

Judy Garland n'a rien compris et fait mine de se lever, mais Cassie lui ordonne de se rasseoir d'un geste autoritaire. Le geste est amical et maternel, mais ne souffre pas la désobéissance.

— Qu'est-ce que tu viens faire là, Toby ? demande Cassie. La police te recherche pour le meurtre de ce Grundy.

Judy Garland, angoissée, se redresse un peu.

— Monsieur Peters, c'est vrai ?

— Non, je réponds, mais je sais qui c'est. Et Cassie aussi, n'est-ce pas, chérie ?

— Je n'en ai aucune idée, dit-elle avec la perplexité de la parfaite innocence.

J'en suis presque ébranlé. Peut-être que je me gourre complètement, que je vois des choses qui n'existent pas, que je refuse de prendre mes responsabilités.

— C'est toi qui as tué Grundy, Cassie.

Cassie éclate de rire et Judy Garland en reste bouche bée. Cassie, saisissant la cafetière posée devant elle, se reverse du café et me demande si j'en veux. Je décline cette offre.

— Cassie, qu'est-ce qu'il raconte ? dit Judy en nous regardant alternativement tous les deux, et en se demandant pourquoi nous sommes si calmes en nous lançant ces accusations démentielles.

Judy n'a encore jamais joué cette scène.

— Mettons cartes sur table, je reprends. Tu veux commencer, Cassie ?

— Je ne crois pas, fait-elle en sirotant son café et en rejetant sa tête en arrière.

Le mouvement est parfait. La lumière joue dans ses cheveux noirs et irradie des rayons de lune.

— D'accord, je commence. Toi, Grundy, Cash et Peese, vous aviez monté une affaire de films porno. Tout a bien marché jusqu'au jour où l'un de tes associés s'est demandé pourquoi sa part des bénéfices était si faible. J'ai vu comment Cash vivait. Si le gâteau était gros, il n'était pas pour lui. Il a découvert que Peese menait la grande vie, et ils se sont disputés vendredi matin, avant que Grundy tourne une scène. Cash a menacé de se retirer, de prévenir les flics ou la M.G.M., chose que tu ne pouvais tolérer. Alors tu lui as planté un couteau dans le cœur. Exact jusqu'ici ?

Cassie ne répond pas et me regarde avec indulgence. Judy la fixe, les yeux écarquillés.

— Toi et Grundy avez établi un petit scénario pour faire porter le chapeau à Wherthman. Peese avait dû se rappeler que tous deux s'étaient engueulés avec le petit rat de bibliothèque suisse. Ça s'est gâté quand Judy m'a appelé et que Mayer a cru que j'avais des tas de relations. Puis j'ai commencé à comprendre que les coups de fil reçus par Judy et moi provenaient d'une personne sans accent et ne pouvaient donc pas être attribués à Wherthman, et Grundy a paniqué. Je ne te vois pas t'effondrer pour si peu, mais Grundy, si. Enfin j'ai eu vent de Peese. C'était très astucieux de ta part de retrouver son nom et de me le donner. Tu savais que je l'obtiendrais de toute façon de Wherthman ou de quelqu'un du studio. Et tu m'as soutiré pas mal de renseignements l'autre soir. Je crois que tu as été sincèrement surprise la première fois que je t'ai dit qu'on avait essayé de me supprimer.

— J'ai été surprise, dit-elle à mi-voix.

— Mais la deuxième fois, quand Grundy m'a suivi jusqu'au château de Hearst, ça, ça n'était pas une surprise. Je t'avais dit où j'allais. Tu lui as transmis le renseignement. Il a raté son coup une fois de plus. Puis je suis allé trouver Peese un peu plus tôt que tu ne l'escomptais. Grundy était sur mes talons. Qu'est-ce qu'il détenait de compromettant contre toi, Peese, pour mériter sa piaule dans le centre ? Le film ?

Cassie continue à siroter son café.

— Bon, Grundy fauche le film, et me voilà à l'endroit où je ne devrais pas être, au bon moment. Tu commences à te dire que ce n'est qu'une question de temps avant que les flics ou moi on comprenne que Grundy est dans le coup. Quand j'ai récupéré le film, tu as pris une décision. Tu m'as fait venir au studio, tu as appelé Grundy, tu avais visionné avec moi quelques séquences du film porno et tu as fait ton numéro de vierge effarouchée. Je crois que c'était pour que j'arrête la projection. J'ai l'impression qu'il y a quelque chose dans ce film qui prouve que tu es avec Grundy, Peese et Cash.

— Quoi, par exemple ? demande-t-elle avec innocence.

— Par exemple, ta maison a pu servir de décor ?

Elle se raidit juste assez pour que je m'en aperçoive, mais elle tient bon. Je m'y attendais.

— Je continue. Tu m'as fait attendre par Grundy à ma voiture après m'avoir poussé à coucher avec toi sur ton canapé. C'était ma peau ou celle de Grundy. Lui ou moi, pour toi c'était parfait. Quand il m'a assommé, tu ne savais pas si j'étais mort ou vivant. Tu m'as fait transporter au magasin des accessoires par Grundy, et tu as refait ton numéro du couteau. Tu te débarrassais de Grundy, et si je ne mourais pas, il y avait de fortes chances que les flics m'accusent d'avoir fait le coup. Tu avais le film et il n'y avait pas de témoins. Mais, Cassie, les flics allaient fatalement se mettre à dégotter des gens qui tournaient dans tes films. Et jusqu'à quand croies-tu que tu aurais pu tromper Hoff ?

Ça, ça l'achève. Elle pose sa tasse. Je me lève comme pour me dégourdir les jambes tout en continuant à parler.

— Bon, tout ceci ne serait que suppositions astucieuses de ma part, s'il n'y avait autre chose.

— Et c'est ? demande Cassie.

— J'ai parlé à Hoff et nous avons retrouvé le film. Exactement à l'endroit où tu l'avais caché.

Elle juge que je bluffe et elle me le dit.

— Un grand livre brun dans ton bureau, j'explique.

— Je vois.

— Puis-je te poser une ou deux questions, Cassie ?

— Oui.

— Pourquoi voulais-tu que ce soit Judy qui trouve le corps ? Pourquoi as-tu essayé de l'empoisonner ? Et, nom de Dieu, pourquoi t'être fourrée dans un coup pareil ? Tu n'avais pas besoin d'argent.

Cassie considère Judy avec calme, et je fais quelques pas vers toutes deux comme pour mieux entendre.

— Je la hais, dit Cassie avec un mauvais sourire.

Judy veut se lever et Cassie saisit le couteau ; il est aiguisé, long, et c'est une femme experte qui le manie.

— Asseyez-vous, Judy, dis-je avec calme.

Elle s'assied et garde ses yeux fixés sur moi. Cassie parle en observant Judy.

— C'est elle qui a obtenu ce que je méritais, le fruit de mon travail. J'avais le physique et le talent. Je les ai toujours, mais je n'avais pas la chance. Je m'en suis remise. J'ai eu une seconde chance avec ma sœur. Ma petite sœur était encore meilleure que moi, et j'ai mis tout ce que je possédais dans sa carrière. J'ai payé ses costumes, sa publicité, j'ai donné des réceptions, je lui ai fait prendre des leçons. Tout allait bien. Un an de plus, et elle réussissait. Mais elle a perdu un rôle que lui a raflé Judy. Ce n'était pas grand-chose. Elle ne s'en souvient sans doute même pas, ajoute Cassie en hochant la tête à l'adresse de Judy. Ni du nom de ma sœur non plus. Jean James.

Je vois à la tête de Judy que le nom ne lui dit rien.

— Et tu lui as pris encore un autre rôle, continue Cassie, les lèvres minces, le visage crispé. Alors elle s'est mise à boire et à prendre des tranquillisants. Je l'ai avertie, mais en moins d'un an elle a presque perdu sa beauté. Elle a voulu vivre toute une vie en l'espace d'un an. Elle est morte il y a deux ans dans un accident de voiture. Je n'ai pas d'autre sœur.

— J'ai une autre explication, dis-je. Je la tiens d'un certain docteur Roloff. Ta jalousie à l'égard de Judy n'a rien à voir avec ta sœur. Tu es jalouse de son succès parce que tu l'interprètes comme un succès sexuel. Alors tu séduis les hommes qui l'approchent et tu sors des films porno qui la ridiculisent. Je parie que tu apparaissais même dans ces films.

— Tu es obscène ! siffle-t-elle tandis que je fais un pas vers elle.

Elle va vivement se placer à côté de Judy et lui pose le couteau sur la gorge.

— Tu n'as pas besoin du fric, dis-je. Tu as besoin de l'excitation, du sexe et du substitut sexuel. Et tu as eu besoin du substitut suivant, le meurtre. Tu as d'abord planté ton couteau dans des hommes. Qui était le suivant ? Hoff ou moi ? Je crois que tu ne le savais même pas, n'est-ce pas, Cassie ?

— En tout cas, j'aurai la satisfaction de la tuer, réplique Cassie, les yeux furibonds.

Du coin de l'œil, j'aperçois Woodman et Fearaven. Woodman a un pistolet à la main, mais je sais qu'il ne peut pas prendre le risque de tirer. Il faudrait qu'il soit Superman pour s'assurer de ne pas toucher Judy. Ils ne peuvent pas faire grand-chose, sinon attendre que j'essaie de la désarçonner.

Du moins, c'est ce que je pense. Pendant que je me pressure la cervelle pour trouver une autre idée, Judy lance soudain la cafetière à la tête de Cassie James. Je ne l'avais pas remarqué, mais ça fait un moment que Judy en approchait lentement une main tout en faisant son numéro de petite fille terrorisée. Cassie hurle et se dispose à enfoncer le couteau. Je bondis mais je tombe sur la table, à un mètre du but. Woodman tire et manque. Le temps se fige. J'attends que Cassie, furibarde, s'avance ; du café dégouline dans ses cheveux et ses yeux. Mais c'est Judy Garland qui prend l'initiative. Elle enfonce son coude dans le ventre de Cassie et la repousse. Réaction de rejet que j'aurais bien aimé avoir, mais je ne sais pas si j'en serais capable.

Le couteau tombe par terre, Woodman et Fearaven foncent sur Cassie. Elle se retourne, soudain calmée, tandis qu'ils la soulèvent. Elle est toute mouillée, ruisselante de café. Elle n'a rien perdu de sa beauté, mais elle est défigurée par son maquillage qui semble avoir fondu sous les sunlights.

— J'avais confiance en toi, dit Judy, très calme.

— Je te haïssais, dit Cassie sans la regarder.

Abandonnant Cassie à la garde de Woodman et de Fearaven, j'appelle mon frère. Puis je sors avec Judy et on monte dans ma voiture.

— C'est comme un mauvais rêve, dit-elle.

J'acquiesce. C'est comme un mauvais rêve pour tous deux. Je ne sais qui de nous deux y perd le plus, mais comme je suis plus vieux, je lui laisse le bénéfice du doute et j'espère que sa vie ne sera pas une série de désillusions provoquées par les gens en qui elle mettra sa confiance.

Tandis qu'on se rend chez elle, elle m'apprend qu'elle songe à se marier. Elle dit qu'il s'appelle Rose, et qu'il est compositeur ou chef d'orchestre. Je n'ai jamais entendu parler de lui, mais je lui réponds que j'espère qu'il fera un bon mari. Quand je m'arrête devant chez elle, elle se penche et m'embrasse.

— Je suis contente de vous avoir appelé, monsieur Peters.

Puis elle descend et s'en va en courant.

Je ne suis pas si sûr d'être content qu'elle m'ait appelé. J'ai vécu toute une vie en cinq jours. Au moins, la sœur de Cassie a eu un an plein. Toutes ces emmerdes m'auront fait gagner quelques mauvais souvenirs et environ trois cents tickets de la M.G.M. Mon corps m'invite à me garer et à dormir, mais mon esprit me rappelle ce qui m'est arrivé la dernière fois que j'ai dormi dans une voiture. Mon frère me trouvera si je rentre chez moi, et Shelly doit se demander ce que j'ai bien pu faire de sa voiture, nom de Dieu. Il y a pas mal de gens à qui je pourrais demander asile, mais il me vient une meilleure idée.

Un quart d'heure plus tard, je suis de retour à l'hôpital. A la réception, une femme essaie de m'arrêter. Elle prétend que les heures de visites sont passées. Je lui réponds que je ne suis pas un visiteur, je suis un malade.

L'ascenseur me hisse lentement jusqu'à mon étage, et l'infirmière en forme d'abat-jour se dresse devant moi quand les portes s'ouvrent. Colère professionnelle et reproches de trahison se peignent sur son visage.

— Où étiez-vous ? demande-t-elle.

— Je sauvais la vie à Judy Garland, je l'informe en entrant dans ma chambre.

Je me jette sur mon lit, dans le noir, et je m'endors aussi sec.

Il n'y eut pas de rêves de singes volants, de dingues musclés ni de Koko-le-Clown, ce qui me convenait parfaitement.

CHAPITRE X

Le mercredi matin à mon réveil, Franklin Roosevelt s'est assuré quatre ans de plus à la Maison-Blanche, mais je ne le sais pas encore. Ce que je sais, c'est que quelqu'un m'a déshabillé et enfilé une robe de chambre, que j'ai un termite dans la tête qui cherche à en sortir, et que mon frère et Charlie Cimaglia, le petit dur musclé, me regardent.

Je gémis pitoyablement et je veux me retourner, mais Phil ne me laisse pas faire.

— Causons, Toby, dit-il.

— Je peux pas, dis-je, émettant un grognement à fendre le cœur.

— Je vais te boxer le dos à te mettre les rognons en marmelade, chuchote-t-il en confidence.

Je me retourne et me soulève sur les coudes.

— Causons, je dis.

— C'est lui, monsieur Cimaglia ? demande-t-il.

Le musclé me regarde sans colère et dit que c'est bien moi.

— Qu'est-ce qu'il y avait dans la boîte, Toby ? demande Phil.

— Des films, dis-je. Surtout volés à la Metro. Je les leur ai rendus.

— L'accusation ne parlait pas de vol, dit Phil. C'était attaque à main armée. Tu as tiré sur M. Cimaglia et mis sa vie en danger.

— Je ne me rappelle pas avoir mis sa vie en danger et j'étais à cinq pieds de lui quand j'ai tiré. Si j'avais voulu l'abattre, il n'y avait pas de problème. Merde, je lui ai fait une fleur. J'ai fait sortir Grundy de chez lui. Il me devrait plutôt une récompense.

Pour une raison qui m'échappe, ça amuse Cimaglia qui rigole et dit :

— Vous avez des couilles, mon vieux. Pas de doute.

— Tu veux parler à un avocat, Toby ?

— Mon avocat s'appelle Leib. Martin Leib... je commence, mais je ne finis pas.

— Pas si vite, dit Cimaglia, m'interrompant de la main. Je me suis trompé. Ce n'est pas lui.

Cimaglia me regarde avec un sourire jusqu'aux oreilles.

Phil se tourne vers Cimaglia, serrant les poings, le ventre résonnant de ses rugissements rentrés. Il n'y a pas beaucoup de place dans la chambre, mais je m'assieds dans mon lit pour assister à la bataille si elle survient. A mon sens, le combat sera équilibré. Cimaglia est beaucoup plus petit et un peu plus vieux, mais il est musclé. Phil est furax et il a une expérience fantastique pour cogner. Mais il n'y a pas de bagarre. Phil desserre les poings et dit à Cimaglia de se tirer. Ce qu'il fait.

— Cassie James a avoué les meurtres de Cash et Grundy, dit Phil, posant son gros cul sur l'appui de la fenêtre et croisant les bras. Avec toi, Woodman, Fearaven et Garland, on n'avait pas besoin de ses aveux, mais ça aide. Il n'y aura pas de procès.

— Et aucun besoin de publicité ? Pas besoin de mentionner la M.G.M., Gable et Garland ?

— Pas besoin, dit Phil. Cette gonzesse ne t'aime pas, Toby.

— Hier, je croyais qu'elle m'adorait.

— Regarde-toi dans la glace, dit-il. Elle dit que tu as jeté Peese par la fenêtre.

— Et tu l'as cru ? je rigole. Même toi, tu ne peux pas croire ça.

Il s'éloigne de la fenêtre et pointe un doigt sur moi.

— Pas de rigolade, Toby. Ce que je crois, tout le monde s'en fout, d'accord ? On a des charges contre toi. Maintenant, qui c'est cet écrivain qui peut te fournir un alibi ?

— Chandler, je dis. Raymond Chandler, et il habite quelque part à Santa Monica. Il est dans l'annuaire.

— Le Chandler qui a écrit *Le Grand Sommeil* ? demande Phil.

— Tu en as entendu parler ?

— Je l'ai lu, dit-il. Ramassis de conneries ! Lis-le, ça te plaira.

Il cesse de parler et fait plusieurs fois le tour de la chambre. Je l'observe. Je n'ai rien d'autre à faire avec la migraine que j'ai, à moins de lui tourner le dos, et c'est malsain avec mon frère. Quelque chose peut le contrarier et lui donner envie de me filer un bon coup dans les reins avant de partir. Il s'arrête de marcher et se tourne vers moi.

— Toby, tu es un peu âgé, mais je devrais pouvoir y arriver. A te faire réintégrer dans la police de L.A. Comme détective, dernière classe.

Je suis dans l'un de mes rêves, j'en suis sûr, mais Phil ne bouge pas. Je tourne un peu la tête. J'ai toujours mal. Je ne rêve pas.

J'ai été flic autrefois, et ça ne me plaisait pas. Je n'aimais pas me faire du mouron sur ce que pensait le mec au-dessus de moi de ce que je faisais. Je n'aimais pas aller tous les jours quelque part et tout le temps dire à quelqu'un où j'allais. Je n'aimais pas qu'un autre décide avec les problèmes de qui j'allais vivre. La paye est régulière, le pouvoir est chouette, mais il faut renoncer à trop de choses. Je sais que je n'accepterai pas.

— J'y penserai, Phil. Merci.

Il sait que ça veut dire non, mon refus le blesse et se traduit par un regard furibond. Avec moi, il ne sait pas manifester autrement ses sentiments, et il est furieux de s'être découvert un peu. Sans doute que Ruth, ma belle-sœur, l'a travaillé au corps pour qu'il me fasse cette proposition.

— J'y penserai vraiment, Phil, dis-je.

— Tu finiras clochard, dit-il. Tu n'en es déjà pas loin maintenant. Qu'est-ce que tu feras quand tu n'auras plus de jambes et que tu n'auras plus l'esprit aussi vif?

— Alors, je serai mûr pour redevenir flic, dis-je.

Je sais que je ne devrais pas dire ça, mais je n'ai pas la force de résister à la tentation. Il contourne le lit mais il ne se passe rien, car la porte s'ouvre. Jeremy Butler entre avec Shelly Minck. Même Phil réfléchit à deux fois avant d'attaquer un malade dans son lit devant deux témoins.

Phil me tourne le dos et croise mes deux visiteurs.

— Mon frère Phil, je dis.

Butler hoche la tête d'un air entendu, et Minck ne lui prête aucune attention. Sous son veston, Shelly porte sa blouse autrefois blanche. Son cigare est éteint, et je le prie de le laisser en l'état.

— Shelly, dis-je, prenant l'air aussi malade que je peux, je m'excuse de ne pas t'avoir ramené ta voiture hier, mais la situation s'est détériorée.

Je montre la chambre en guise d'explication, mais Shelly a déjà vu une chambre d'hôpital et ça ne l'impressionne pas.

— J'ai couché au cabinet, dit-il. Pas d'importance. Je t'ai ramené ta voiture. Avec l'autorisation des flics. Voilà la clé.

Je prends la clé et lui dis de récupérer la sienne dans mon pantalon.

— Merci d'être venu me voir, Jeremy, dis-je.

Il remue, mal à l'aise. Quelque chose le trouble, mais je ne veux pas le brusquer.

— Monsieur Peters...

Il m'appelle toujours M. Peters.

— J'ai de mauvaises nouvelles. On démolit votre bungalow aujourd'hui. La mairie a condamné les bâtiments. Toutes les maisons du pâté vont être rasées.

— Ils peuvent vous faire ça? je demande.

Il dit qu'ils peuvent, mais aussi qu'ils doivent payer et qu'ils payent bien plus que ne vaudraient ces maisons pendant au moins les vingt prochaines années. Ils parlent de construire une caserne de pompiers à la place. Butler s'en tape.

— Toutes tes affaires sont dans la voiture, dit Shelly. Quelqu'un a cassé tes vitres, alors j'ai tout fourré dans le coffre.

Cela me dégrise une seconde. Ça me rappelle que tout ce que je possède tient dans un coffre d'une Buick 1934.

— On vous aidera à trouver autre chose, dit Butler. J'ai un ami qui a une maison à quelques blocs du centre, pas loin du bureau.

— J'irai voir, dis-je. Merci.

Butler ne sait sûrement pas que c'est un refus. Il ne me connaît pas depuis plus de quarante ans, comme Phil. Parce que, depuis que Butler m'a annoncé que ma maison est rasée, j'ai décidé d'acquérir un peu de respectabilité, de trouver un appartement raisonnablement décent, peut-être d'acheter une petite baraque. Mon esprit ne me dit pas comment je vais réaliser ces projets avec mes revenus, mais je me sens noble rien que de penser à essayer.

Doc Parry entre pendant que Shelly nous raconte que l'unique dent de M. Strange est une merveille et qu'il envisage d'y accrocher un bridge. Strange aurait une bouche pleine de dents amarrées au monument de Shelly. Le travail coûtera quelques centaines de dollars, que Shelly devra payer de sa poche. Mais ce n'est pas la charité qui inspire Shelly. C'est l'orgueil. Il rattrapera son fric sur le travail bâclé qu'il fera pour d'autres patients.

Parry l'écoute quelques minutes, l'air dégoûté. Il serre la main à Butler et tourne le dos à Shelly qui ne semble pas s'en apercevoir. Butler et Shelly s'en vont après m'avoir indiqué où est ma voiture, et je leur dis que je les appellerai.

Parry passe sa main dans ses cheveux blonds clairsemés. Il n'a pas encore trente ans, et il sera chauve dans cinq ans. Il prend mon pouls, écoute mon cœur, examine ma tête, me dit que je suis un imbécile — ce que je sais déjà — et ajoute que je peux rentrer chez moi. Je n'ai plus de chez-moi, mais je ne le lui dis pas.

— N'oubliez pas ce que je vous ai dit sur votre tête, dit-il à la porte. Elle ne supportera plus longtemps des traitements pareils.

Je m'habille lentement, prends ma facture d'hôpital à la caisse et rejoins ma voiture. J'ai le menton hérissé de barbe et la bouche sèche. J'ouvre mon coffre. Il n'est pas bourré à bloc. Sous les valises en carton, je trouve mon .38. Personne ne l'a seulement remarqué.

Avant d'aller au bureau, je m'arrête dans un drive-in qui propose trois langoustines frites pour un *quarter*. Je bois un Pepsi, mange un taco, regarde le soleil et écoute les occupants de la voiture voisine qui parlent de l'élection. Ils savaient depuis le début que Roosevelt gagnerait une fois de plus.

Le petit déjeuner terminé, je retourne au bureau. Butler me fait bonjour et éjecte un clochard vers l'allée. Le hall sent toujours le Crésyl, et le ménage n'est toujours pas fait dans notre bureau. Une patiente attend Shelly dans la salle d'attente, une jeune femme incroyablement maigrichonne avec un bébé dans les bras. Elle n'a pas l'air rupin. Le patient allongé dans le fauteuil dentaire de Shelly n'a pas l'air rupin non plus. C'est un nouveau clochard.

— On a appelé pour toi, dit Shelly par-dessus son épaule, déplaçant son cigare.

C'est Warren Hoff qui m'a appelé.

— Warren, dis-je, quand je le contacte. Tout est terminé.

Il dit qu'il sait.

— Merci de ne pas m'avoir mêlé à l'affaire, dit-il. J'ai détruit le cliché, mais il y en a peut-être d'autres.

— Peut-être, dis-je. Je vous apporterai ma facture plus tard.

Je suis tenté de lui donner d'autres conseils sur son retour dans un journal, mais qui suis-je pour donner des conseils ? Je viens de dédaigner un excellent conseil de mon frère. Peut-être que Warren Hoff est plus malin que moi, mais j'en doute. Notre expérience avec Cassie James le prouve.

— Vous pourriez venir cet après-midi, Toby ? dit-il. M. Mayer aimerait vous voir.

Je dis que je viendrai et que je lui déposerai ma facture en passant.

Dans l'heure qui suit, je me rase et je travaille à ma facture, ce qui donne ceci :

Honoraires : 50 dollars par jour pendant cinq jours (moins avance de 50 dollars)	200	dollars
Vitres pour Buick 34 (estimation)	40	
Paiement pour informations	10	
Chambre d'hôpital et soins	37	
Remplacement de complet hors d'usage (estimation)	25	
Téléphone	3,50	

Motel Motor Court, une nuit	7
Eglise du Saint Nom des Amis de Dieu	1
Alimentation	11
Parking	0,50
Essence	8
Total	343,00 dollars

J'ai l'impression d'avoir oublié quelque chose, mais je veux en finir. J'agrafe la facture de l'hôpital, le ticket de parking et le reçu du motel et je mets le tout dans une enveloppe. La seule que je trouve est au nom de Shelly, avec ses titres universitaires. Enfin, l'adresse est exacte, et je n'en ai pas d'autre.

Je me lève pour partir quand Gunther Wherthman passe la porte. Il n'a plus sa moustache, et il sourit.

On se serre la main et il trouve le moyen de grimper sur ma chaise avec dignité. Poliment, il n'inspecte pas le bureau et ne fait aucun commentaire.

— J'aimerais vous remercier de ce que vous avez fait, monsieur Peters, dit-il.

Son complet est impeccablement repassé et l'ecchymose due à mon frère s'estompe.

— C'était normal, dis-je.

— J'aimerais vous dédommager pour vos services. Pour votre temps et votre peine. Quel est votre tarif ?

— La M.G.M. me paye, monsieur Wherthman, j'explique.

— Peu importe, dit-il, sortant son portefeuille. Je ne demande pas la charité à la M.G.M.

Même moi, je reconnais la dignité quand je la vois, bien que je n'aie pas souvent l'occasion de la voir à Los Angeles. Je sais que Wherthman joint tout juste les deux bouts et que ce qu'il va me donner lui manquera pour son loyer ou son alimentation, mais je ne veux pas blesser sa fierté.

— Dix tickets, je dis.

— C'est très peu pour ce que vous avez fait, dit-il, comptant dix billets de un dollar, mais j'avoue que si vous aviez demandé beaucoup plus, j'aurais eu besoin d'un crédit.

Il descend de sa chaise et nous nous serrons la main.

— Puis-je vous inviter à dîner pour ce soir, monsieur Wherthman ? je demande.

Il dit qu'il en sera ravi et je dis que je viendrai le prendre chez lui vers sept heures.

— Avant, je dois m'arrêter à la M.G.M., puis me chercher un logement. Je viens de perdre le mien.

— Je crois qu'il y a une vacance à la pension où j'habite, dit-il. Si cela vous intéresse. C'est propre, tranquille, et dans une rue agréable. La propriétaire est aimable et le loyer raisonnable.

Je le remercie de l'idée et lui dis que j'y penserai. Cette fois, ma réponse n'est pas à double sens. J'ai vraiment l'intention d'y penser. Ce n'est peut-être pas exactement ce que j'envisageais quelques heures plus tôt, mais c'est un pas dans la bonne direction et la compagnie de Wherthman me plaît. Peut-être que sa dignité finira par déteindre sur moi.

Mes points de suture me tiraillent quand j'entre dans le cabinet de Shelly. Il travaille sur la maigrichonne. M. Strange, célèbre par son unique dent, tient le bébé dans ses bras et lui fait des grimaces. C'est le talent que Dieu lui a donné. Le mouflet adore.

Le trajet jusqu'à la M.G.M. est agréable. Je ne pense qu'une ou deux fois à Cassie James et à ce qu'elle a fait. Le reste du temps, je pense à mon prochain repas, au fric de la Metro et à mon avenir.

Buck McCarthy garde les grilles, et on papote jusqu'à ce qu'une voiture s'arrête derrière moi. Greer Garson est au volant, cheveux roux ballonnant dans la brise légère. Elle avance jusqu'à ma hauteur. Buck lui fait signe de passer. Elle me sourit et je lui souris en retour. Tout le monde sourit aujourd'hui.

— Adios, je dis à Buck, et il sourit.

La secrétaire de Hoff me gratifie d'un sourire séduisant et me dit d'entrer. Hoff me serre longuement la pince et me remercie. J'accepte un Ginger Ale sur glaçons, et il regarde ma facture.

— Ça paraît raisonnable, dit-il.

Il fouille dans sa poche et en sort quatre billets de cent tout neufs et craquants. Je les prends.

— On va arrondir, dit-il. Je serai remboursé quand je remettrai votre facture.

On a envie de continuer à causer, mais on n'a rien à se dire. Ce qu'on partage, on n'a pas envie d'en parler, et tout le reste, on ne le partage pas. Alors je bois mon soda, et il boit quelque chose de sombre avec des glaçons. Je dis qu'il faut que j'y aille. Il me rappelle que Mayer veut me voir. Je n'ai pas oublié.

Il m'accompagne jusqu'au bureau de Mayer et il me laisse. Il dit qu'il espère qu'on se reverra, et je dis la même chose, mais on ne le pense ni l'un ni l'autre.

Cette fois-ci, on me fait attendre. Il y a quelqu'un avec lui. J'essaie d'engager la conversation avec la blonde n° 1, mais elle prend un air affairé, comme si elle avait égaré son bureau.

Je passe une demi-heure à admirer les photos des vedettes du studio collées sur les murs. Puis la porte s'ouvre, et Mickey Rooney sort en compagnie d'un grand gars brun qui porte un complet sombre et une serviette. Rooney sourit et se frotte les mains. Pour un peu, il danserait de joie. Son veston est trop large de carrure. J'ai l'impression qu'il va jubiler : « Oh ! mince, oh ! mince », exactement comme André Hardy.

Il me reconnaît et me dit bonjour, mais il n'arrive pas à mettre un nom sur mon visage. Ça arrive à beaucoup de gens. Je lui apprends qui je suis et lui rappelle que j'ai travaillé comme gorille à une ou deux premières.

— Et vous travaillez ici à temps plein, maintenant ? demande-t-il.

— Non. C'est temporaire.

— Dommage, fait-il en souriant. C'est une boîte qui a de la classe.

Son compagnon ne souffle mot. Rooney repart en sautillant, toujours tout sourire. C'est une boîte qui a de la classe, en effet.

La blonde me fait franchir la porte et me confie à la rousse, puis à la deuxième blonde qui m'introduit dans le bureau de Mayer. Il est en train de parler à une femme en tailleur gris ; il s'agit de la décoration de son bureau, qu'il veut refaire. Je trouve que c'est une bonne idée, mais je ne le dis pas. Je m'assieds dans le fauteuil confortable sans y être invité, et j'attends.

— Je voudrais que ce soit original et en même temps discret, dit-il à la femme qui hoche la tête pour montrer qu'elle a compris.

Quand elle est sortie, Mayer contourne son bureau et je me lève. Il me serre vigoureusement la main et me regarde dans les yeux :

— Les paroles peuvent à peine exprimer à quel point j'apprécie ce que vous avez fait, monsieur Peters.

— Les paroles et l'argent. J'ai été payé, et j'ai été remercié.

— Vous savez qui sort d'ici ? dit Mayer. Mickey Rooney. C'est un brave gars, un peu vif, mais un brave petit. Notre studio a la réputation d'offrir des distractions saines et de qualité, et vous nous avez aidé à conserver notre image de marque.

Il charge un peu, mais c'est son style quand il veut quelque chose. J'ai appris ça lors de mon dernier voyage dans cette immense salle. Il n'attend plus rien de moi, et j'imagine mal Louis B. Mayer me faisant des grâces pour obtenir une ristourne sur mon salaire.

— Eh bien, dit-il, est-ce que ça vous plairait de travailler pour la maison ?

Je refuse. J'ai fait le gorille assez longtemps à la Warner pour savoir que je n'ai pas envie de recommencer. Ça possède tous les inconvénients du métier de flic sans aucun des avantages, sauf que c'est légèrement mieux payé.

Mayer n'attendait pas vraiment que j'accepte, et ce n'est pas ce qu'il a en tête. Je conclus qu'une partie de son activité sociale consiste à offrir du boulot aux gens qui lui plaisent.

— Je suis enchanté de vous avoir revu, monsieur Mayer, je dis en me levant.

Il a l'air surpris. Je suppose qu'il n'y a pas beaucoup de gens qui prennent congé comme ça ; ils attendent qu'il ait fini.

— Vous aimez bien bousculer les gens, non ? fait-il, debout derrière son bureau.

Je hausse les épaules.

— J'ai un boulot pour vous, poursuit-il. Un boulot dans votre spécialité.

— Cinquante dollars par jour plus les frais si j'accepte, je réplique vivement.

Il écarte cette remarque d'un geste et me fait signe de me rasseoir. Je me rassieds et il se penche sur son bureau.

— Que savez-vous, murmure-t-il, des Marx Brothers ?

« Eh bien, dans quelques minutes, j'aurai fondu, et vous aurez le château pour vous toute seule. J'ai été méchante en mon temps, mais je n'aurais jamais pensé qu'une petite fille comme vous serait capable de me faire fondre et de mettre un terme à mes méfaits. Regardez — je disparais ! »

Sur ces mots, la Sorcière fondit en une masse brune et informe qui se répandit sur le parquet propre de la cuisine. Voyant qu'elle avait fondu et disparu, Dorothy tira un seau d'eau et le jeta par terre pour nettoyer. Puis, avec un balai, elle repoussa le tout par la porte. Après avoir ramassé le soulier d'argent, qui était tout ce qui restait de la vieille, elle le lava, le sécha avec un chiffon et le remit à son pied. Puis, enfin libre de faire ce qu'elle voulait, elle sortit en courant dans la cour apprendre au Lion que la Méchante Sorcière de l'Ouest n'était plus, et qu'ils n'étaient plus prisonniers en pays inconnu.

L. Frank Baum : LE MAGICIEN D'OZ

FIN

SUR L'AUTEUR

Né en 1934 à Chicago, Stuart Melvin Kaminsky fait des études de journalisme et de cinéma à Northwestern University dans l'Illinois. Sa passion pour le cinéma et sa nostalgie pour les années d'or de Hollywood lui inspirent l'idée de son premier roman, *Coups de feu dans les étoiles*, en 1977. Fort de ce premier succès, Stuart Kaminsky écrit bientôt la suite des aventures de Toby Peters, un privé fauché qui offre ses services aux stars de Hollywood. Observateur éclairé de ce paradis grand écran, Stuart Kaminsky agrémente ainsi ses romans d'anecdotes fictives en confrontant son héros aux tracasseries de Judy Garland, Gary Cooper, Mae West, des Marx Brothers... Parallèlement, Stuart Kaminsky dépayse le polar en imaginant une nouvelle série dont le héros policier, Porfiry Petrovich, officie à Moscou. Stuart Kaminsky s'est vu décerner le prestigieux Edgar Poe Award en 1990 et le Grand Prix du Roman d'aventures en France en 1991. Professeur d'histoire du cinéma et directeur de département à Florida State University, il vit aujourd'hui à Sarasota, en Floride.

Si vous désirez être régulièrement tenu au courant de nos publications, remplissez cette page et renvoyez-la à :

Editions 10/18
12, avenue d'Italie
75627 Paris Cedex 13

NOM : _

PRENOM : _

ADRESSE : _

_ _

CODE POSTAL : _ _ _ _ _ _ _ _ _ _ _

VILLE : _

PAYS : _

AGE : _ _ _ _ _ _ _ _ _

PROFESSION : _ _ _ _ _ _ _ _ _ _ _ _ _ _ _ _ _ _

TITRE de l'ouvrage dans lequel est insérée cette page :

_ _

Cet ouvrage a été réalisé par la
SOCIÉTÉ NOUVELLE FIRMIN-DIDOT
Mesnil-sur-l'Estrée
pour le compte des Éditions U.G.E. 10/18
en février 1997

Imprimé en France
Dépôt légal : mars 1997
N° d'édition : 2747 - N° d'impression : 37757